모란봉

한국문학산책 46 신소설
모란봉

지은이 **이인직**
엮은이 **송창현**
펴낸이 **안용백**
펴낸곳 **(주)넥서스**

초판 1쇄 인쇄 2013년 6월 15일
초판 1쇄 발행 2013년 6월 20일

출판신고 1992년 4월 3일 제311-2002-2호
121-840 서울시 마포구 서교동 394-2
Tel (02)330-5500 Fax (02)330-5555
ISBN 978-89-6790-079-3 04810

출판사의 허락없이 내용의 일부를
인용하거나 발췌하는 것을 금합니다.

가격은 뒤표지에 있습니다.
잘못 만들어진 책은 구입처에서 바꾸어 드립니다.

www.nexusbook.com
지식의 숲은 (주)넥서스의 인문교양 브랜드입니다.

한국문학산책 46
신소설

이인직
모란봉

송창현 엮음·해설

지식의숲

* 일러두기
1. 시대 분위기와 작가의 개성이 드러나는 문장이나 방언, 속어, 고어 등은 원문 표기를 따랐다.
2. 원본 한자는 한글로 바꾸고 작품의 이해에 필요한 경우에만 한자를 병기하였다.
3. 독자들의 이해를 높이기 위해 필요한 경우 괄호 속에 뜻풀이를 달았다.

열요하기로 유명한 샌프란시스코의 야소 교당 쇠북 소리는 세간진루(世間塵累)가 조금도 없이 맑고 한가하고 고요하고 그윽한데, 마음이 바람을 따라 흩어져 나가다가 수천 미돌(米突) 밖의 나지막한 산을 은은히 울리며 스러지고 산 아래 공원 속에 가목무림(佳木茂林) 푸른빛만 보인다.

천기청명(天氣淸明)한 일요일에 공원에 산보하러 모여드는 신사와 부인은 한가한 겨를 타서 놀러 온 사람들이라. 그 사람들이 모인 공원은 다시 열요장이 되어 복잡한 사회 현상이 또한 이 가운데에 보이는데, 유심한 사진가가 전 사람의 자취를 비밀히 감춘 것을 후인에게 전하려고 사진 기계를 가지고 다니면서 이리저리 둘러보다가, 취미 있는 진상을 가려서 박고 박는데, 열요한 사람들은 간단없이 활동이라.

  드문드문한 나무 틈에 허연 돌난간이 보이는데 그 돌난간 아래에 돌연못이 있고, 돌연못 가운데에 사자형 섬이 있고, 사자 등 위에 금붕어가 거꾸로 서서 수정 가루 같은 물을 뿜어 올려서 서늘한 기운을 드리웠는데, 공원의 구경꾼은 못가에 몰려서서 돌난간에 의지하고 노는 고기를 내려다본다.

  인간의 회포 많은 옥련 또한 그 못 가운데 고기들이 노는 것을 내려다보다가 제 그림자를 보고 홀연히 감동되는 일이 있었더라.

  '모란봉 밑에서 총을 맞고 누웠던 옥련이 여기 와서 있는가. 간호수의 들것 위에 담겨서 야전 병원에 들어가던 옥련이 여기 와서 있는가. 이노우에 군의 아버지 손에 재생인이 되던 옥련이 여기 와서 있는가. 반갑다, 옥련의 그림자를 옥련이 보아도 참 반갑다. 나는 물위에 선 옥련이요, 너는 물 아래 거꾸로 선 옥련이라. 내가 너더러 물어볼 일이 있다. 네가 형체가 있는 물건이냐, 형체가 있을진대 네 손을 잡고 반겨 보자. 네가 형체 없는 물건이냐. 형체가 없을진대 내 눈에 보이는 네가 무엇이냐. 이 몸이 이 물가를 떠날진대 네 형체가 소멸하고, 이 몸이 세상을 버릴진대 한 많고 사려증 많던 내 마음도 또한 소멸할 것이니, 영

혼 불멸이라 하였으나 알 수 없는 것은 사람의 일이로다.'

옥련이 그러한 생각을 하는 중에,

"옥련아 옥련아."

하고 부르는 소리를 듣고 돌아보니, 옥련의 옆에 섰던 그 부친과 구완서가 그 아래 정자나무 휴게소로 향하여 가며 부르는지라, 옥련이 또한 휴게소로 향하여 가려고 돌아서다가, 그 그림자를 떠나기가 섭섭한 마음이 있는 것같이 다시 돌아서서 고개를 숙여 내려다보는데, 물고기 한 마리가 물위에 뜬 마른 나뭇잎을 물려 하다가 사람을 보고 놀란 것같이 꼬리를 탁 치고 거꾸로 서서 내려가는데, 거울 같은 수면이 진탕하여 옥련의 그림자가 천태만상으로 변하는지라. 옥련이 애석한 마음이 있는 것같이 주저주저하다 돌아서서 휴게소로 내려가는데, 물 아래에 활동사진같이 황홀하던 옥련의 그림자가 간 곳 없고 상오 열두 시 태양 광선 아래 이목구비가 있는지 없는지 모르게 된 난쟁이 같은 그림자가 옥련의 뒤를 따라간다.

그때는 갑진년 가을이라. 김관일이 그 딸 옥련을 데리고 조선에 돌아가는 길인데, 구완서는 서중 휴학 겨를을 타서 샌프란시스코까지 전별하러 온 터이라.

처음에 김관일의 마음에 옥련을 몇 해 동안만 공부를 더 시켜서 조선 부인 사회 중에 우등이 될 만한 학문이 성취된 후에 데리고 가려 하였더니, 러일 전쟁이 일어나서, 평양성 중에서 일본 기병과 러시아 기병의 접전이 있었다는 신문을 본 후에 옥련이 십 년 전 청일 전쟁이 날 때에 허다한 풍상을 지내던 생각이 나서 그 모친을 생각하는 마음이 더욱 간절하여 공부에 마음이 없고 낙심한 사람같이 조석으로 먼 산만 바라보고 앉았다가, 그 부친을 보면 고향에 돌아가기를 재촉하거늘, 김관일이 그 모양을 보고 또한 고향에 돌아갈 마음이 생겼으나, 그러나 그때 옥련이 사범 학교 일 년생이라, 추기 시험이나 치르고 가는 것이 좋은 줄로 꼬이고 달래다가 추기 시험을 치른 후에 떠나가는 터이라.

구완서는 김관일의 강권하는 말을 저버리지 못하여 옥련과 부부 되기로 세 사람이 솟발같이 늘어앉아서 반석같이 굳은 언약을 맺었는데, 김관일의 말은 옥련이 떠나기 전에 성례하는 것이 가하다 하나, 구완서의 말은 자기가 십 년만 공부를 더하고 조선에 돌아간 후에 결혼하겠다 하는 고로, 필경 구 씨의 말을 좇아서 십 년간에 서로 대년하기로 언약이라.

대체 십 년이 되면 옥련의 나이 이십칠 세요, 구완서의 나이 삼십이 세라. 구 씨와 옥련의 지기가 비록 비범하나 그러나 청춘 연기의 연한 창차로 이 이별은 어려운 이별이라.

워싱턴에서 작별하기가 피차 섭섭한 마음이 있으므로 구 씨가 샌프란시스코까지 왔는데, 샌프란시스코에서 하루를 지체하여 공원을 구경하나, 구경에 흥취는 별로 없고 산 빗물 소리가 구 씨와 옥련의 이별하는 회포에 들어올 뿐이라.

구 씨는 본래 진중한 사람이라, 한 번 정한 마음을 변치 아니하며, 한 번 한 말을 어기지 아니하는 성질이 있으나, 김관일의 생각에는 구완서가 아직 젊은 아이라 일시 언약을 믿고 몇 만 리를 떠나 있으면 혹 마음이 변치나 아니할까 염려가 되는데, 더구나 십 년 동안에 세상일이 어떻게 변할는지 측량치 못할 일이라. 새로이 궁금증이 나서 다시 구완서의 말을 들어보고자 하여 휴게소로 데리고 가는 터이라.

천지만엽(天枝萬葉)이 휘어진 정자나무 아래에 긴 의자를 여기저기 늘어놓은 공동 휴게소에 오고가는 구경꾼이 드문드문 걸터앉았는데, 김관일의 일행은 그중에 조용한 곳을 찾아다니다가 빈 의자들이 마주 놓인 것을 보고 김 씨는 구 씨와 마주 걸터앉고, 옥련은 김 씨 옆에 가 앉았더라.

김 씨가 옆으로 고개를 돌이켜서 옥련의 얼굴을 물끄러미 보다가 다시 구 씨를 건너다보며,

"은혜를 끼친 사람은 너요, 은혜를 받을 사람은 내 딸이라. 내 집 사람들은 네 은혜를 저버리기가 만무하거니와 너는……."
하면서 말끝을 마치지 아니하고 빙그레 웃으니, 구 씨가 김 씨

의 말하려는 뜻을 알아들었는지 또 한 번 빙긋 웃는다.

"이애, 구완서야, 사람이 제 자식의 심성을 남에게 물으면 어리석은 일이나, 그러나 옥련의 일은 네가 나보다 자세히 알 터이라 대체 어떠하더냐, 잘 가르치면 사람 노릇 하겠더냐?"

"지자(知者)는 막여부(莫如父)라 하였으니, 옥련이 범절이야 어르신네께서 어련히 아시겠습니까?"

"막지기자지덕(莫知其子之德)이라 한 말은 없느냐. 나는 옥련의 선악간을 모른다. 일곱 살에 부모 슬하에서 떠난 자식의 마음을 어찌 알겠느냐? 네가 내 사위 되기로 허락한 것으로, 내가 내 자식을 믿는 마음이 생긴다. 그러나 너는 시하(侍下) 사람이라, 네 마음으로 정한 혼인을 너의 부모가 혹 허락지 아니하시면 그때 네 생각은 어떠하겠느냐?"

"우리 부모가 나를 대단히 귀애하시는 터이라, 내가 만일 정당치 못한 일을 할 지경이면 부모가 금하시려니와, 정당한 일에는 내 말을 많이 좇으시는 터이니 혼인 파약시키실 리는 만무하니 염려 마시오."

"그러하겠지. 그러나 부모가 만일 파약을 하라 하실 지경이면 너는 어떻게 조처할 터이냐?"

"지금 옥련이 조선에 돌아가는 터이니, 우리 부모도 옥련의 범절이 어떠한지 소문도 들으실 터이요, 또 사람을 보내서 선을 볼 지경이면 더욱 자세히 아실 터이니, 부족하게 여기실 리가 없으니 파약할 지경에 갈 리가 만무하외다."

"만일 너의 부모께서 옥련을 합의치 아니하게 여기실 지경이면 네가 어찌할 터이냐?"

"부모가 잘못하시는 일은 간하다가, 아니 들으실 지경이면 내 마음대로 하지요."

"네 마음대로 하면 어떻게……?"

"자유 결혼을 하지요."

"허허허, 네가 미국에 오더니 조선 습관을 버리고 자유 결혼을 말하는구나. 오냐, 네 마음이 그러할진대 내가 마음을 놓고 떠나겠다."

하면서 옥련을 돌아보니, 옥련은 고개를 수그리고, 손에 들었던 우산대로 땅에 글자를 쓰는데, 무심중에 떠날 이(離) 자를 쓰다가 그 부친이 돌아다보는 것을 보고, 발로 그 글자를 싹싹 문질러 버리고 말없이 앉았더라.

홀연히 나비 한 마리가 힘없이 날아 들어오더니 옥련의 머리에 꽂힌 꽃송이에 내려앉으려다가 다시 펄쩍 날아 높이 뜨는데, 어디서 벗나비 한 마리가 쫓아오더니 싸움을 하는지, 희롱을 하는지 두 나비가 한 뭉치가 되어 공중으로 올라가다가 내려가다가, 다시 오르락내리락하는데 난데없는 회오리바람이 땅을 휩

쏠어 들어오더니, 휴게소에 늘어앉은 사람 앞으로 새 모이를 끼얹는 듯이 먼지를 뒤집어씌우는데, 옥련은 눈을 뜨지 못하고 애를 쓰다가 눈을 씻고 고래를 들어 보니 휴게소 의자에 오백나한전(五百羅漢殿) 불상같이 늘어앉았던 사람들이 낱낱이 일어섰는데, 김관일이 먼지를 툭툭 털고 앞서서 나가면서,

"구완서야, 너 술 먹을 줄 아느냐? 점심때 되었으니 요릿집에로 가자. 옥련아, 너는 조선 음식은 모르지, 사 주일만 지내면 조선 음식을 먹어 보겠구나."

옥련이 일어서서 몸의 먼지를 활활 털며,

"내가 어렸을 때 일이라도 조선 음식을 먹던 생각이 많이 납니다."

"네가 일곱 살까지 너의 어머니 젖이나 먹었지, 음식은 무슨 음식. 허허허. 구완서야, 자네가 참 애썼겠다. 젖꼭지 떨어진 지 며칠이 못된 남의 자식을 데리고 미국까지 와서 저렇게 길러내고, 저만치 가르쳐 주었으니, 참 애썼겠다."
하면서 기쁜 마음에 눈물이 도는 것은 옥련을 사랑하는 자정에서 솟아나는 눈물이라.

오후 다섯 시까지 공원에서 산보하다가, 유숙하던 호텔로 돌아가는데, 세 사람이 한 호텔로 들어가나, 세 사람의 침소는 각각이라. 그날 밤에 옥련이 서양 소설을 보다가 모르는 글자가

있어서 영어 자전을 들고 글자를 찾다가 싫증이 나서 책을 던지고 침대 위에 드러누우며 눈을 살짝 감는다. 잠이 와서 눈을 감는 것이 아니라 생각을 하느라고 눈을 감았더라.

눈을 뜨고 있을 때는 방 안에 있는 물건만 보이더니, 눈을 감고 누웠으니 이 방에 있지 아니한 구완서의 모양이 눈에 어려 보이다가 다시 눈을 떠서 본즉 적적한 빈방에 전기등만 밝았더라. 옥련이 다시 눈을 감고 소리 없이 탄식이라.

내가 어머니를 만나 보면 그날 그 시에 죽더라도 한이 없을 것 같더니, 미국을 떠나며 생각하니, 구완서의 은혜를 갚지 못하고 죽으면 그 한도 풀리지 못할 일이로다. 전일의 은인이요, 미래의 부부라. 인연에 인연을 잇고, 정의에 정의를 가하였도다. 위엄 있고도 온화하며, 다정하고도 말 없는 것은 구완서가 내게 대한 태도이라. 동생같이 사랑하며, 내빈같이 공경하며, 자식같이 가르치면서 항상 나를 칭찬하는 말이 '옥련은 그윽하고, 한가하고, 곧고, 고요한 계집아이라, 조선 부인 사회에서 본받을 만한 사람이 되리라.' 하였는데, 내가 만일 조선에 돌아가서 그러한 위인이 못될 지경이면 무슨 낯으로 구완서를 다시 보리오.

한참 그러한 생각을 하는 중에, 문밖에서 문을 똑똑 두드리는 소리가 나더니 구완서가 들어온다. 옥련이 구완서에게 무슨 잘 못한 일이나 있는 것같이 깜짝 놀라며 얼굴이 빨개지고 가슴이 두근두근하는데 옥련의 생각에도 무슨 까닭으로 그러한지 모르는 터이라.

옥련이 침대에서 내려 구 씨를 인도하여 테이블 앞 교의에 앉게 하고, 옥련은 그 맞은편 교의에 걸터앉으며 손으로 초인종을 꼭 눌러서 보이를 부르더니 커피와 부란데와 과자를 갖추어 놓는다.

"이애, 옥련아. 허허허, 또 실수하였구나. 남의 집 처녀더러 이애, 허허허. 오냐, 입에 익은 말로 아직 수수하게 그대로 지내자. 내가 네게 한문을 가르치던 선생이요, 언문 가르치던 선생이요, 조선말을 복습시키던 선생이라. 네가 나더러 선생님 선생님 부르던 터이요, 나는 너를 손아래누이같이 알고 지냈더니, 재작년 칠월에 나는 너의 아버지께서 권고하시는 말을 듣고 너는 너의 아버지 명령을 들어서 우리가 혼인 언약을 맺었는데, 그 후로부터 네가 나를 보면 부끄러운 마음으로 있는 모양이요, 체면 차리는 기색도 있어서 종적이 점점 서어하여졌으니 도리어 어색한 일이라. 나는 그 마음, 저 마음 없이 이전같이 허물없고 다정한 동무로 알고 있다. 이애 옥련아, 그렇지 아니하냐, 허허허."

구 씨가 그렇게 쇄락한 기상으로 유쾌하게 말하는 모양이 옥련을 처음 만나던 날부터 지금 떠나는 날까지 조금도 다른 것이 없는지라. 옥련이 새로이 즐거운 마음에 깊은 정이 더욱 솟아나서 웃음빛을 띤 눈에 눈물이 가랑가랑 돈다.

"너와 한담하기는 오늘뿐이라. 너더러 할 말이 무궁무진하더니, 무슨 말을 하려 하였던지 생각이 아니 나는구나. 오냐, 별말 하여 무엇할꼬. 작별이란 것은 별말 하여 무엇할꼬. 작별이란 것은 잘 가거라, 잘 있거라 하면 두 사람의 말이 다한 것이라. 내일은, 네가 태평양 배를 탈 터이니 작별은 내일 태평양 해안에서 하자."

하면서 선뜻 일어나서 문을 열고 나아가니 방 안이 다시 적적하고 벽상에 걸린 자명종 시침 돌아가는 소리만 때깍때깍 나는데, 전기등 아래에 혼자 초연히 앉은 옥련의 낙심한 경상이라.

길고 긴 가을밤에 외기러기 한 소리가 높았는데, 정 많고 한 많은 옥련이 잠 못 이루어 혼자 탄식이라.

'밤아, 새지를 말아라. 밝은 날은 구완서와 이별이라. 육만 리를 떠나가서 십 년이나 될 터이라. 세월아, 차라리 어서 가거라, 삼천육백 일만 지나가면 구완서가 조선에 돌아간다더라. 내가 한 되는 일이 많으나, 제일 한 되는 일은 남자 되지 못한 것이라. 내가 만일 남자가 되었더라면, 구완서와 서로 체면도 아니 차릴 것이요, 남의 이목도 아니 가릴 것이라. 하루 열 번을 보고 싶으면 열 번을 상종하고, 주야로 같이 있고 싶으면 거처를 같이 할 터인데, 불행히 남녀가 유별하므로 지척이 천 리같이 떠나 있고, 모처럼 만나 보더라도 텁텁한 회포를 흉중에 쌓아 두고 말을 못 하니, 애닮지 아니한가! 세상 사람의 부부간 깊은 정리는 어떠할 것인지, 나 같은 미가녀(未嫁女)로서는 알 수 없는 일이나, 대체 부부간 정의는 남녀 간 치정으로 생긴 정이거니와, 나는 구완서에게 의리로 생긴 정리요, 교분으로 생긴 정이요, 품행을 서로 알고, 인격을 서로 알고, 심지가 서로 같은 것으로 부지중에 정이 들고, 부지중에 정이 깊었으니, 유별한 남녀 간의 높고 조촐한 정이라, 그렇게 정든 사람을 떼어 놓고 혼자 가는 내 마음이야……..'

평양은 하나이나 옥련은 둘이라. 하나는 김옥련이요, 하나는 장옥련이다. 김옥련의 집은 평양 북문 안이요, 장옥련의 집은 평양 남문 밖이다.

김옥련은 열일곱 살이요, 장옥련은 열여섯 살인데, 얼굴은 김옥련이 더 어여쁜지, 장옥련이 어여쁜지, 만일 인물 조사하는 시험관이 있어서 비교를 붙일라 치면 누구를 조사 내기가 썩 어려울 터이라, 공변된 눈으로 쌍장원을 내면 좋을 만한 미녀자들이다.

아침 안개가 희미한데 힘없는 봄바람에 소리 없이 떨어지는 두견화 같은 것은 장옥련의 태도요, 동각에 눈 쌓이고, 사창에 달이 돋는데 반쯤 핀 매화 같은 것은 김옥련의 태도이라.

조물이 사람을 낼 때에 특별한 사정이 있는 인간에게 특별한 형용을 부여하는 일이 있던지 김옥련·장옥련은 특별한 자색을 쓰고 난 여자이다.

금을 보면 금이 보배요, 옥을 보면 옥이 보배라. 김옥련을 보면 김옥련이 일색이요, 장옥련을 보면 장옥련이 미인이라. 아름다운 외양은, 빛은 같으나 팔자는 같은 일이 조금도 없었더라.

김옥련은 어렸을 때에 그 부모를 떠나서 고생을 많이 하였는데, 장옥련은 부모 슬하에서 금옥같이 사랑을 받고 자랐더라.

김옥련은 다시 운수가 틔어서 그 부친을 만나 귀애함을 받으면서, 또 그 어머니를 만나 보려고 태평양을 건너오는데, 장옥련은 액운이 들어서 그 부친에게 미움을 받는 중에, 또 그 어머니를 이별하였더라.

이별하였을지라도 그 어머니가 이 세상에나 있었으면 다시 만나 볼 날이 있을까 바랄 터이나, 넓고 넓은 지구상에 몸을 둘 곳이 없다는 유서 한 장을 써서, 그 딸 옥련의 베개 밑에 넣어 놓고 적적한 깊은 밤에 살짝 나간 후에 종적은 끊어지고 소식은 묘연한데, 대동강 물소리 그윽한 밤에 귀곡성이 추추할 뿐더러 장옥련의 부친은 장치중이라. 형세도 넉넉하고 행세가 얌전한 사람인데, 남이 칭찬을 하는 말에,

"장치중이는 경계 밝은 사람이라."

"인정 있는 사람이라."

"남의 사정 아는 사람이라."

"남에게 속지 아니할 사람이라."

그러한 칭찬을 도처에 듣는 장치중이가, 그 칭찬을 듣지 못할 곳은 그 부인 안 씨에게뿐이라.

장 씨가 본래 그 부인과 금실이 대단히 좋던 터이요, 무남독녀 옥련을 남다르게 귀애하던 터이라.

장옥련이 일곱 살 되었을 때에 안 씨 부인이 병이 들어서 죽느니 사느니 하며 집안에서 떠드는데, 수족같이 부리는 종도 있건마는 장치중이는 수염에 재티가 부옇게 앉은 줄도 모르고 약을 손수 달여서 부인의 베개 옆에 놓고,

"마누라, 마누라."

부르는 소리에 부인이 감았던 눈을 치떠서 그 남편을 보다가 때가 주럭주럭 낀 손으로 옥련을 가리키며,

"내가 죽으면 저것이 어떠한 계모 손에 고생을 할꼬! 내 앞에서 응석만 하던 것이 계모 앞에서 눈살을 맞고 자라노라면 설움도 설움이려니와, 주접이 오죽 들꼬! 너의 아버지께서 지금은 너를 세상에 다시없는 것같이 귀애하셨지마는, 후취 마누라에게 혹하시면 전실 자식이 눈에 보일는지?"

하면서 다시 눈을 감으니, 장옥련이,

"어머니, 죽지 마오!"

소리를 지르며 병들어 누운 어머니 가슴에 엎드려 울거늘 장치중이 옥련을 안아다가 자기 무릎 위에 올려 앉히고 머리를 썩썩 쓰다듬으며,

"옥련아 옥련아, 울지 마라 울지 마라. 너의 어머니가 저 약을 먹으면 병이 나아서 일어난다."

하며 옥련을 달래다가 다시 그 부인을 건너다보며,

"여보 마누라, 아무리 병중에 하는 말이라도 남의 마음을 모르고 하는 말은 재미없는 말이라. 가령 내가 상처를 하고 후취 장가를 들기로, 후취 마누라에게 혹하여 옥련을 몰라볼 지경에 갈 것 같소? 계집은 계집이요, 자식은 자식이지, 아무리 계집에 혹하기로 귀애하던 자식을 몰라보는 사람이 있단 말이오? 계모가 전실 자식을 미워하는 것은 세상에 혹 있을 듯한 일이나, 그 아비 되는 사람이야 어미 없는 자식을 기르다가 후취 장가를 든 후에 그 자식이 계모의 손에 고생을 할 지경이면 불쌍히 여길 터이지 그 자식을 몰라보다니, 내가 만일 그런 일을 당하여 옥련이 계모에게 미움을 받고 고생을 할 지경이면 옥련을 불쌍히 여길 뿐 아니라, 그런 후취 마누라는 친정으로 쫓아 보내지."

하던 장치중이라.

안 씨 부인의 병이 쾌히 나은 후에, 두 내외가 옥련을 앞에 앉히고 웃음빛으로 세월을 보내다가, 웃음 끝에 바람이 들어서 살풍경이 일어난다.

장 씨가 홀연히 평양 기생 농선을 첩으로 들여앉히더니, 농선의 소리는 꾀꼬리 소리같이 들리고, 부인의 소리는 염병막 까마귀 소리같이 들리기 시작하는데, 농선과 정이 깊어갈수록 부인과 적벽 강산같이 싸울 뿐이라.

장옥련은 그 모친의 역성만 들고, 농선을 미워한다고 농선에게 미움을 받을 뿐 아니라, 그 부친의 눈앞에 얼씬을 못할 지경이라.

농선은 이름을 신선 선자로 지었으나, 마음은 아귀 귀신같이 모진 계집이라, 장치중의 베갯머리에서 밤마다 그 안마누라의 흉을 보느라고 닭이 몇 회씩 울도록 잠을 아니 자다가, 새벽잠이 들면 식전을 밤중으로 알고 자는 위인이라.

처음에는 흉을 보아도 볼 만한 흉을 보더니, 나중에는 터무니없는 모함을 한다.

가령, 아니한 도둑질을 하였다 하더라도 형체 있는 물건을 집어다가 감춘 곳 없고, 또 실물한 증거가 분명치 아니하면 애매한 것이 드러날 것이요, 아니한 살인을 하였다 하더라도 남의 손에 죽은 사람 없으면 발명될 일이라. 그러나 인간의 발명치 못할 말은 남녀 간에 비밀한 관계가 있다 하는 말이라.

본래 농선에게 팔난봉된 동생이 있는데, 떠꺼머리총각이라. 노름을 잘 하고 사람을 잘 치고 싸개통에 위급하면 길반씩이나 되는 담을 훌훌 뛰어 넘어가는 자인데, 남매 간에 본 체도 아니던 농선이 새로이 그 동생의 노름 밑천을 대어 주며 살살 꾀이니, 그 총각은 농선이 지휘대로만 하는 터이라.

으스름 달 깊은 밤에 총각을 장 씨 집 안 뒷담 밖에 숨겨 두고 농선이 장치중을 대하여 눈물을 이리 씻고 저리 씻으며,

"여보 서방님, 내가 서방님께 정이 부족하여 하는 말이 아니라, 내가 이 집에 있으면 안방 아씨께 적악이라. 나는 오늘 밤이라도 어디로 갈 터이니 나를 생각지 말으시고 아씨의 마음을 돌리시도록 위로하여 드리고, 두 분이 잘 사시오."

"……."

"서방님은 첩을 두고 호강을 하시는데, 아씨는 남편을 내게 뺏기고 팔자에 없는 과부같이 세월을 보내시니 무슨 생각이 아니 나겠소?"

"응, 무슨 생각이라니?"

"무슨 말을 들으시든지 대장부의 활발한 마음으로 너그럽고 용서하는 조처를 하실 터이오?"

"……."

023

"다짐해 두시오."

"다짐이라니, 네게 다짐을 둔단 말이냐?"

"왜 내게는 다짐 못 두나?"

"오냐, 무슨 말을 듣든지 아니 들은 셈만 치고 있을 터이니 말을 자세히 하여라."

"서방님이 그 허락을 하시니 말이오. 아씨가 외인 통간을 하시는 것이 아씨의 허물이 아니라, 서방님이 아씨의 그런 마음이 생기도록 하신 일이니 부디 허물 말고 아씨를 사랑하고 잘 살으시오. 전에 첩 없을 때에 그런 일 있었소? 첩을 버리면 이후에는 그런 일이 있을 리가 만무하지요?"

"네 말하는 눈치가 무슨 일이 정녕 있는 모양이니 자세히 말하여라."

농선이 말을 할 듯 할 듯하고 아니하는데, 마침 자명종은 밤 열두 시를 땅땅 치는지라.

"내 입으로 차마 말하기 어려우니 나를 따라오시면 보실 일이 있소, 날마다 이맘때쯤이면."

하더니, 문을 살짝 열고 나가니 장 씨가 뒤를 따라 나선다.

농선이 앞에 서서 자취 소리 없이 안방 뒷문 밖으로 돌아가다가 깜짝 놀라서,

"에그머니!"

소리를 나지막하게 지르는데, 담 안 오동나무 아래 웬 떠꺼머리 총각 한 아이가 섰다가 담을 훌쩍 뛰어 넘어간다.

근심 많은 안 씨 부인은 마침 잠 못 이루어 담배를 먹고 앉았다가 뒤꼍에 무슨 인기척이 있는 것을 듣고 문을 열고 내다보니 눈에 보이는 것은 없고, 소름이 확 끼치는데, 겁결에 문을 닫고 생각하니 이상한 인기척이라. 그 이튿날 장 씨 입에서 안 씨 부인이 실행하였다 하는 죄목 선고가 나는지라. 부인은 거머리 속같이 뒤집어 보일 수도 없는 일이요, 다만 분하고 서러운 마음을 이기지 못하여 어느 날 밤에 그 딸이 잠든 새를 타서 가만히 나가서 대동강 물에 빠져 죽었는데, 장옥련이 그 모친을 생각하고 피눈물을 떨어뜨리며 날을 보내니, 그때는 갑진년 팔월이라.

가을 달은 창량하고 찬 이슬에 목 맺힌 벌레 소리가 그윽한데, 장옥련이 빈방에서 불을 끄고 혼자 앉았으니 잊으려 하여도 잊을 수 없는 것은 그의 어머니 생각이라.

아랫목에 누웠는 듯, 옆에 앉았는 듯, 창밖에서 문을 열고 들어오는 듯하다가, 다시 생각한즉 어머니는 의심 없이 이 세상을 버린 사람이라.

그러나 어머니가 죽는 것을 본 사람도 없고, 죽은 시체도 찾지 못한 고로, 죽은 증거가 없은즉 옥련의 생각에 어머니가 혹 살았는가, 요행을 바라는 마음도 있는 터이라.

적적한 빈 뜰에 바람에 굴러다니는 나뭇잎 소리를 듣고 사람의 자취인가 의심하는 옥련이 문을 열고 내다보니 만물이 괴괴한데, 대동강 물소리만 멀리 멀리 들릴 뿐이라.

 장옥련이 지향 없이 마당으로 내려가서 거닐다가, 어머니 자취의 기념물을 보고 반겼다.

 어둠침침한 담 아래 반쯤 피어 휘어진 국화 떨기는 어머니 손으로 심은 것이라. 내 손으로 한 번 꺾어 볼까 생각하고, 한 걸음 두 걸음 꽃을 향하여 가는데, 초당 앞 기둥 밑에서 싹싹 울던 귀뚜라미 소리가 똑 그치고 방 안에서 사람의 말소리가 들린다.

 그 초당은 부친과 농선이 거처하는 방이라. 옥련이 발을 멈추고 가만히 서서 들은즉, 부친과 농선이 어머니의 공론을 하는 말이라.

 "마누라가 어디로 갔는지 종적을 알 수 없지."

 "아씨도 참 박절한 사람이지, 서방님은 저렇게 생각하고 계신데 어찌 차마 떼치고 가누."

 "마누라가 보고 싶어서 하는 말이 아니다."

 "발명하실 것 무엇 있소? 보고 싶다 하시기로 누가 샘을 할 터이오?"

 "발명하는 말이 아니라. 달아난 계집을 보고 싶어 하는 그런 창자 빠진 사람이 있단 말이냐?"

"여보 서방님, 무정한 말씀도 하시오. 여덟 해나 같이 살던 터에 생각이 아니 나면 인정 밖이지요."

"네 말도 그럴듯한 말이나, 소위 양반의 여편네가 서방질을 하다가 도망질까지 하여……. 어떠한 놈을 달고 어디로 갔는지 모르거니와, 내 눈에 뜨일 지경이면 그런 년은 당장에 박살을 하여도 시원치 아니하겠다. 아씨가 다 무엇이냐, 내 귀에 다시 아씨라고 하지 마라. 그런 년더러 아씨라 하면, 화냥질하는 것더러는 무슨 아씨라 할 터이냐? 너 들어 보아라. 그런 괴악한 년이 또 어디 있겠느냐? 과년한 딸을 한 방에다 데리고 있으면서 떠꺼머리 총각 아이놈을 밤마다 상종이 있은 모양이니, 옥련이 그 눈치를 모를 리가 없을 터이라. 천생 음란한 어미년은 하릴없거니와, 그 어미를 보고 배우던 옥련이 어떻게 될 것인지."

"서방님이 아씨를 미운 생각만 하시고, 불쌍한 생각은 아니 하시니 답답한 일이오. 지금 아씨의 나이 서른두 살이요, 서방님은 서른셋이나 되셨으니 한 살이 적어도 아씨가 더 젊은 터이라, 과년한 딸 두기는 서방님이나 아씨나 다를 것 무엇 있소? 서방님은 초당에서 젊은 첩을 데리고 깊은 잠에 단꿈을 꾸시는데, 아씨는 삼 년 소박에 적적한 마음을 이기지 못하여 총각 아이에게 정을 붙여 있었으니, 서방님이 농선을 사랑하는 마음이나 아씨가 총각을 사랑하는 마음이나 정들기는 일반이라. 서로 떨어질 수 없는 정에 일이 탄로가 되었으니 어찌 아니 달아날 수가 있소. 또 옥련의 말을 하시니 말이요, 아이들은 가르치는 대로 기르는 것이라. 그 어머니를 책망할지언정 옥련을 책망할 수가 있소? 여보, 내가 옥련이 되었더라도 요조숙녀 되지는 못하겠소."

옥련이 창밖에서 말을 엿듣다가 어찌 기가 막히던지 이를 악물고 발발 떨면서 악이라도 쓰고 싶고, 몸부림이라도 하고 싶고, 초당에 뛰어 들어가서 아버지 눈앞에서 농선의 치마끈에 목이라도 매어 죽고 싶은 마음을 주리 참듯 참으며 생각하니, 애비 앞에서 발악하는 것은 불효한 자식의 일이요, 무식한 사람의 일이라. 하물며 여자의 행위가 차마 그러할 수가 없는지라. 가만히 돌아서서 방에 들어가니, 그 방은 어머니가 세간 살림하던 안방이라. 어머니가 나가신 지가 열흘이 못 되었으나, 옥련의 마음에 그 열흘 동안이 십 년이나 된 듯하다가 다시 생각한즉, 어제 일 같고 지금 일 같고 거짓말같이 정신이 황홀한데, 불을 켜고 방 안을 돌아보니, 눈에 보이는 것이 다 어머니 자취뿐인데, 그러한 자취 중에 옥련의 철천지한 되는 것은 세상을 하직하노라 하고 피눈물을 떨어뜨리며 써 놓은 유서라. 옥련이 그 유서를 한 번 다시 보고자 하여, 품에 품었던 유서를 내어 들고 보다가, 솟아나는 눈물에 가려서 글자가 보이지 아니하는지라,

옥련이 가슴을 두드리며 혼잣말이라.

"우리 아버지같이 착하시던 마음으로 죄 없는 어머니에게 저러한 적악을 하시는 것은 아무리 생각하여도 아버지 본마음이 아니지. 구미호같이 요악한 서모의 말을 구서같이 믿으시는 것은 아버지 본정신이 아니라. 본마음이 변하고 본정신을 잃으신 아버지를 원망하면 내가 불효이라. 내가 원망을 하려면 차라리 우리 어머니를 원망할 일이라. 어머니가 세상을 버리실 생각이 있거든 나더러 그 말을 하시고 모녀가 같이 죽을 도리를 하실 일이지. 야속하다, 야속하다, 어머니가 야속하다. 어머니 혼자 팔자 좋게 세상을 모르고 지내시고, 믿을 곳 없는 옥련더러 혼자 이 설움을 받으란 말인가! 서모도 어미의 항렬이니, 서모더러 욕을 하면 내가 괴이한 년이라. 그러나 우리 서모 농선은 우리 어머니를 죽인 원수요, 우리 아버지의 정신 빼앗은 불우요, 철모르는 옥련까지 누명을 살짝 뒤집어씌우는 악독한 사람이라. 내가 아무리 도리를 차려 말하고자 하더라도 솟아나는 마음에 이만 갈리고 욕밖에 나오는 것이 없구나. 오냐, 그만두어라. 내가 이러한 말을 하면 무엇하며, 이러한 근심은 하여 무엇하랴. 오늘 밤이라도 대동강 물에 풍덩 빠져 죽으면 세상만사를 다 잊어 버릴 것이라."

하고 밤중에 뛰어 나서서 대동강을 찾아가는데, 깊은 밤 모르는 길에 이리저리 쏘다니다가 무인지경으로 가더니, 기운은 없고, 걸음은 걸리지 아니하고, 눈에 헛것만 보인다.

　언덕 밑에 거무스름한 가시덤불이 보이는데, 옥련의 눈에는 검은 장삼을 입은 중이 웅크리고 앉은 것으로 보이는지라. 옥련이 무서운 마음에 숨도 크게 못 쉬고 빈 밭 가운데로 피하여 가다가, 외따로 선 수숫대 잎사귀가 바람에 흔들리는 것이 보이는데, 옥련의 눈에는 사람의 형상으로 보이는지라. 키가 크고 몸은 가늘고 한 팔은 도두 붙고 한 팔은 축 처져 붙었는데, 옥련을 붙들고 두 팔을 휘젓고 쫓아오는 것 같은지라.

　옥련이 밤중에 뛰어 나설 때 마음에는 귀신이 덮치더라도 겁날 것 없고, 호랑이가 달려들더라도 겁날 것 없고, 다만 부랑한 남자의 손에 붙들릴까 겁이 나는 마음뿐이라. 무엇에 겁이 나든지 겁에 뛰기는 일반이라. 무엇을 보든지 옥련이 그 물건을 사람의 형상으로 조직하여 생각하고, 자기 몸에 침범하려는 형상으로 의심하는 바이라. 옥련이 죽으려든 생각은 잊어 버리고 일심정력이 그 팔병신에게 붙들리지 않을 작정이라, 돌아서서 달아나는데 할 걸음 걷고 돌아보고, 두 걸음 걷고 또 한 번 돌아다보고, 걷고 보고, 보고 걷는 중에 몸에 무엇이 탁 부딪치는데 깜짝 놀라 쳐다보니, 쟁반같이 큰 얼굴에 사모를 쓴 사람이라. 옥련이 소리를 버럭 지르고 폭 주저앉더니 정신없이 하는 소리가,

어머니를 찾는 소리라. 청춘의 몸을 강물에 던지러 나가던 옥련이 목숨은 살았으나 어두운 밤 장승 밑에서 죽은 시체만 못한 병신이 되었는데, 누가 보든지 인물이 일색이요, 옷도 깨끗이 입은 계집아이라, 어느 귀인의 집 작은아씨로 볼 터이나, 그러나 정신이 들락날락하는 미친 계집아이라. 장옥련이 고생하고 미친년이 된 날은 평양 북문 안에 사는 김옥련의 모친 최 씨 부인이 잠 못 자던 밤이라. 이별한 지 십 년 만에 그 남편 김관일과 그 딸 옥련이 내일은 평양에 도착한다는 기별을 보고 별성 행차나 들어오는 듯이 부인이 장팔 어미를 데리고 음식도 준비하고 또 흥에 띄어서 이야기하느라고 밤을 꼭 새운 터이라.

그 이튿날은 식전부터 기다리다가, 해가 서천에 기울어지니 부인이 마루 끝에 서서 문간만 내다보고 섰는 터이라. 미친 장옥련은 날이 밝은 후에, 평양 성내에 들어와서 집집에 들어가며, 어머니를 부르다가 쫓겨 나가는 터이라. 그러나 잠깐이라도 박대를 아니 받을 운수가 띄었던지 김관일의 집안 중문에로 쑥 들어가며,

"어머니, 옥련이 어머니 보러 왔소. 대동강 물에 빠져 죽는다고 유서를 써서 두고 나가던 우리 어머니가 살아 있네!"

하는 소리에 그 집안이 발끈 뒤집힌다. 새끼 달린 암캐가 안마루 밑에 앞뒤다리를 쭉 뻗고 모로 드러누워서 네 마리 새끼를

젖먹이며 잠이 들었다가, 장옥련의 소리를 듣고 두 귀를 쫑긋하며 고개를 번쩍 들고 내다보다가 와락 뛰어나오는 서슬에 젖꼭지를 물었던 강아지는 젖꼭지를 문 채로 달려 나오다가 장작윷에 걸리듯이 세 마리는 자빠지고, 한 마리는 엎드러져서 뜰아래에 늘비하게 굴렀는데, 어미 개는 새끼가 어떻게 되었든지 돌아다보지도 아니하고 목덜미의 털이 엉크렇게 일어나며, 엉성한 이빨로 옥련을 물 듯이 웅웅 소리를 하며 달려드는데, 김관일의 부인과 고장팔이 모가 버선 바닥으로 뛰어 내려가더니 장팔의 모는 짚신짝으로 개를 때리고, 부인은 장옥련을 붙들고 창황히 살핀다.

반가운 마음은 옥련을 안고 뒹굴 것같이, 좋은 마음은 옥련을 붙들고 펄펄 뛸 것 같고, 기쁜 눈물은 쏟아지고, 즐거운 말은 퍼붓는 듯이 나온다.

"네가 옥련이냐? 참 몰라보게 되었구나. 네가 살았다가 어미를 찾아올 줄 누가 알았으며, 내가 살았다 네 얼굴을 다시 볼 줄 누가 알았으랴! 옥련아, 어서 방으로 들어가자. 너의 아버지께서는 어찌하여 뒤에 떨어지셨느냐?"

"어머니, 어머니. 이 원수를 어떻게 갚는단 말이오? 어머니가 행실 부정한 일이 있다고 모함하던 서모가 모함까지 하는구려. 아버지는 서모에게 혹하여 어머니를 원수같이 미워하셔서 눈에 띄면 박살을 하겠다 하시고, 옥련이도 죽일 년, 살릴 년 하며 미워하시는 고로 옥련이 아버지 모르게 도망하여 왔소."
하더니 부인을 쳐다보며 비죽비죽 운다.

 본래 김관일이 미국 워싱턴에서 떠날 때부터 자기 집에 전보를 하였는데, 워싱턴과 샌프란시스코에서 한 전보는 영서라. 김관일의 부친이 그 전보를 받아 가지고 야소교당에 가서 물어 알았고, 일본 요코하마·오사카·시미노세키에서 한 전보는 편가 명이라 일본말 아는 사람에게 물어 알았고, 부산·인천·진남포에서 한 전보는 조선 언문이라 남에게 물어볼 것 없이 부인이 알아보았는데, 전후 여덟 번 전보에 진남포 전보가 마지막 전보이라.

 '진남포 하륙, 구월 초이일, 평양 도달. 김.'

 부인이 그러하던 전보를 받아 볼 때에 그 남편의 성자가 쓰인 고로, 그 남편이 그 딸을 데리고 오는 줄로 알았다가, 미친 장옥련의 말을 듣고 생각하니, 옥련의 성이 김가라, 옥련이 혼자 오며 전보를 하더라도 김자만 썼을 터이라, 미친 장옥련의 말이 곧이들리는데 그 말이 마디마디가 기가 막히는 말이라. 장옥련을 붙들고 울며,

"이애 옥련아, 세상에 이러한 일도 있단 말이냐! 내 팔자가 기박하고 미워하신다 하니, 의심할 일은 무엇이며, 미워할 일은 무엇이란 말이냐? 네 신세도 가련하다. 너의 아버지께서 첩에게 혹하여 처자를 의심하고 별 풍상을 다 지내고 십 년 고생을 참고 있다가 이런 소리 들을 줄 누가 알았단 말이냐! 나는 시앗에게 모함을 당하더라도 근심될 것 없고, 남편에게 박살을 당하더라도 겁날 것 없다. 죽으면 그만이지, 근심은 무슨 근심을 하며, 겁은 무슨 겁이 난단 말이냐. 그러나 너도 전정이 만 리 같은 아이가 그런 누명을 듣고 죽기도 원통한 일이요, 살아 있어도 신세는 마친 사람이니, 이런 화전충화(花田衝火)가 어디 있단 말이냐. 너의 아버지가 너를 데리고 오시는 줄로 알고 손꼽아 날을 보내며 기다리다가, 이런 소식을 들을 줄은 천만의외로구나. 오냐, 그만두어라. 죽든지 살든지 오늘 너를 만나 보니 내 한이 풀리겠다. 옥련아, 방으로 들어가서 서로 고생하던 이야기나 하자."

하며 장옥련의 손목을 잡아끌며 방으로 들어가기를 재촉하는데, 장옥련이 장승같이 딱 서서 무엇을 정신없이 물끄러미 보더니 쌩긋쌩긋 웃다가 비죽비죽 울다가, 절을 꾸벅꾸벅하다가 하늘을 쳐다보며,

"하느님, 하느님, 하느님, 하느님, 하느님 비옵니다. 내 앞에

섰는 요년을 벼락을 치십사 요년이 옥련의 서모올시다. 요 몹쓸 년이 우리 모녀를 모함하던 년이올시다. 옳지, 옳지, 옳지, 옳지, 하늘에서 벼락불이 내려온다. 내려온다, 내려온다, 내려온다. 우지끈 뚝딱, 조년 벼락 맞았다!"

하며 손가락으로 부인을 가리키며 깔깔 웃는다.

부인이 그 모양을 보더니 소름이 죽죽 끼치는데, 부인의 마음에, 옥련이 서모에게 설움을 몹시 받고, 그 부친에게도 미움을 많이 받아서 원통한 마음을 이기지 못하여 실성이 된 줄로 알고 불쌍한 생각에 기가 막힐 지경이라. 장옥련을 얼싸안고,

"이것이 웬일이냐? 네가 어찌하여 이렇게 되었단 말이냐? 옥련아, 정신 좀 차려라. 내가 네 어미다. 네가 죽은 줄 알고 있을 때에는 내 가슴이 이렇게 쓰리고 아프지 아니하더니, 네 모양이 이러한 것을 보니 뼈가 녹는 듯하고 창자가 끊어지는 듯하니, 참척을 보더라도 이렇게 원통치는 아니하겠다. 아비나 어미나 자식 사랑하는 마음은 다를 것 없을 터인데, 너의 아버지께서는 어찌하여 마음이 그러시단 말이냐? 고생 중에 자라던 자식을 보고 불쌍한 생각도 없다더냐? 옥련을 어찌 미워하며, 옥련이에게 저런 적악을 한다더냐?"

소리를 지르며 목을 놓아 우니 설움 많던 장팔 어미가 또한 따라 운다.

개는 노파에게 얻어맞고 마루 밑에 숨었다가 뛰어나오더니 새로이 장옥련을 보고 짖는데, 옥련은 춤을 춘다.

웬 아이들이 몰려 들어오기 시작하더니 삽시간에 좁은 마당이 툭 터지도록 들어서서 장옥련이 춤추는 것을 보고 웃음통이 터지며 어찌 몹시 떠들던지 장팔 어미가 울음을 그치고,

"구경이 무슨 구경이냐?"

소리를 지르며 아이들을 내쫓으려다가 다부지기로 유명한 평양 아이들이 장팔 어미의 소리에 겁이 나서 그런 재미있는 구경을 못하고 쫓겨 나갈 아이들이 아니라, 장팔 어미는 기가 나서 날뛰는데 나가는 아이는 없고 들어오는 아이뿐이라.

그날은 마침 김관일이 그 딸 옥련을 데리고 평양성 내에 도달하는 날이라. 음력 구월 초하룻날 진남포에 하륙하였는데, 그 이튿날은 기어이 평양성 내에 도달하고 싶으나 짐이 많은 고로 그 짐을 영거하여 가려 하면, 길에서 하루 지체가 더 될 모양이라. 그런 고로 짐은 객줏집에 맡겨 두고 사람만 먼저 떠날 작정으로, 자기 집에 초이일 평양에 도달한다는 전보까지 하고 그날은 이미 저문 고로 진남포 객줏집에서 자고, 그 이튿날 새벽밥을 시켜 먹고, 두 패 교군 두 채를 얻어서 타고 가는데, 그날은 날이 저물더라도 평양성 내에로 대어 들어갈 작정이라. 중상을 주는 아래 반드시 용맹한 사람이 있다는 말과 같이, 교군삯 후

히 주고 쉴 참에 막걸리를 많이 먹이는 서슬에 교군꾼이 걸음을 썩 빨리 걷는데, 본래 참당나귀 같은 교군이라. 쉴 참은 되었든지 못 되었든지 술항아리 옆에 돼지다리 놓인 것만 보면 발목이 시다든지 무슨 핑계를 하든지 쉬는데, 교군을 탄 사람끼리 서로 내다보고 이야기하기 좋도록 두 교군을 나란히 내려놓는지라. 옥련은 쉴 때마다 부친의 교군을 내다보며,

"아버지, 평양이 얼마나 남았소? 에그, 멀기도 하지. 오사카에서 시모노세키까지보다 더 먼 것 같소. 내가 오사카에서 시모노세키까지 갈 때는 머리가 이렇게 아프지 않더니……. 아버지 아버지, 어제 진남포에서 한 전보는 어머니께서 받아 보셨겠지요? 오늘은 우리가 집에 들어갈 줄 알고 계시면서 오죽 좋아하실꼬. 아마 문간에 나서서 기다리시지. 아버지 아버지, 나는 우리 어머니 얼굴을 보아도 모를 터이야. 어머니는 나를 알아보실는지?"

하면서 기쁜 마음을 이기지 못하는 것을 김관일이 볼 때마다 그 딸을 귀애하는 마음과, 그날 자기 집에 돌아가서 가족을 만나 볼 마음에 다만 유쾌한 생각뿐이라.

그렇게 기쁜 마음에 뛰어가는 길이 해가 떨어질 때나 되어서야 겨우 평양성 북문에 다다른지라, 관일이 교군 속에서 내다보며 길을 가리키다가 자기 집 앞에서 교군을 내려서 옥련을 데리

고 자기 집으로 들어가는데 문간에 사람이 어찌나 많이 들어섰던지 발 들여놓을 틈이 없고, 안마당에는 여편네 울음소리도 나고, 노파의 악쓰는 소리도 나고, 아이들 웃음소리도 나거늘, 관일이 혹 자기 집이 아닌가 의심이 나서 발을 멈추고 자세히 본즉 분명한 자기 집이라. 그러나 근일에 혹 이사를 하였는가 또 의심하여 곁의 사람더러 이 집이 뉘집이냐 묻다가 언뜻 본즉, 장팔 어미가 아이들을 내쫓느라고 소리소리 지르고 돌아다니는지라. 관일이 장팔 어미를 부르면서 마당으로 들어서는데 장팔의 모가 웬 정신이 그리도 좋던지 관일의 목소리를 듣고 쳐다보니, 비록 복색은 변하였으나 얼굴은 십 년 전에 보던 주인서방님이라. 그러나 그 뒤에 꽃 같은 젊은 여편네가 부인양복을 입고 따라 들어오는데 장팔의 모가 아무리 정신이 좋기로 일곱 살에 고향을 떠나서 열일곱 살 된 옥련을 알아볼 수는 없는 터이라. 장팔의 모가 주인서방님에게 인사할 여가도 없이 쏜살같이 주인아씨에게로 가더니,

"여보 아씨, 서방님께서 어디서 님을 데리고 오셨습니다."

정신없이 울던 부인의 귀에 그런 말은 어찌 그리 잘 들리던지 부인이 울음을 뚝 그치고 노파를 돌아다보며,

"응, 서방님이 오셔? 나를 박살하러 오신 것이지. 계집까지 데려오셨어. 나는 서방님 손에 박살을 당하기 싫어. 내가 어디 가

서 물에나 빠져 죽지."

하면서 부엌으로 쑥 들어가더니, 부엌 뒷문을 열고 나가는데 김관일이 장팔의 모더러, 무슨 말 묻는 동안에 부인은 어디로 갔는지 종적을 모를 지경이라.

그 후 일주일 만에 평양성 내 유명한 신사들이 김관일을 위하여 환영회를 여는데, 회장은 모란봉이요, 날은 시골서 이름 있는 날로 떠드는 구월 구일이라. 구름 같은 차일 밑에 앞뒤 휘장 둘러치고 진수성찬과 갖은 풍악을 베풀어 놓고 김 씨 부녀가 십년 간에 해외 풍상에 고생한 것을 위로하고, 지금 가속이 서로 만난 것을 경축하는 회인데 회원이 삼백여 명이라.

평양은 조선에 제일 먼저 개화한 지방이라 하나, 말이 개화이지 그때 평양부 내 신사가 연회에 동부인 출석한 사람은 하나도 없고, 다만 김관일이 그 부인과 그 딸 옥련을 데리고 온 터이라.

최 씨 부인도 남만 못지아니한 완고 부인이나, 그 남편과 그 딸의 권함에 이기지 못하여 따라 나온 터이라. 평생에 남의 집 남자의 그림자만 보아도 피하여 달아나던 여편네가 홀지에 삼백여 명 신사가 모인 곳에 와서 앉았으니, 환영받는 흥치는 조금도 없고 부끄러운 마음뿐이라. 감기는 아니 들었으나 기침은 웬 기침이 그리 나려 하며, 새 옷을 입고 나왔으나 가려운 곳은 왜 그리 많으며, 술을 입에 대지도 아니하였으나 얼굴은 왜 그리 붉으며, 아침에 나설 때는 선선하더니 낮이 되더니 덥기는 왜 그리 더우며, 발은 왜 그리 저리며, 머리는 왜 그리 아프며, 해는 왜 그리 길며, 연회에 온 사람들이 술은 웬 술을 그리 많이 먹던지 권하느니 술이요, 잡느니 술잔이라.

얼굴이 선지방구리된 사람, 혀 꼬부라진 소리 하는 사람, 곤드레만드레하는 사람, 한 말을 또 하고, 또 하고 하는 사람들이 김관일의 앞으로만 모여 앉아서 새로이 관일에게 술을 권하는데, 관일의 옆에 앉았는 사람은 부인과 옥련이라. 세 식구가 같이 받는 환영이나, 술잔은 도거리로 관일에게만 들어가는데,

"잔 받게."

하는 노인도 있고,

"잔 받아라."

하는 연배 친구도 있고,

"잔 받읍시오."

하는 버릇없는 개화 소년도 있는데, 김 씨는 싸개통에 든 사람같이 술잔을 사양하면 책망이 일어날 듯한 자리에 있어도 여러 사람의 마음을 다 좋도록 좌우로 수작하면서, 먼저 받은 술잔은 땅에 슬쩍슬쩍 엎쳐 버리고 새로 권하는 술잔을 받는데, 술 부어드리는 기생들은 쌍청을 아울러서 권주가를 부르는 서슬에 회원의 흥치는 돋우고 술은 무진장같이 나오는데, 최 씨 부인은

어서 바삐 이 자리를 면하여 나가고 싶은 마음뿐이라. 보는 사람은 무심히 보더라도 누가 부인의 얼굴을 좀 쳐다보면 부인은 자기 얼굴을 누가 뜯어먹는 듯 고개를 숙이고 앉았는데, 어떠한 양복 입은 젊은 남자가 술잔을 들어서 부인 앞으로 드리며,

"오늘 이러한 환영회에 오셨다가 술 한 잔을 아니 잡수시면 여러 회원이 섭섭하여집니다."

하는 소리에 부인이 깜짝 놀라서 창황 중에 쑥 하는 말로,

"에그, 망측하여라."

소리를 하며 돌아보니 초이튿날 저녁에 자기 목숨을 구하여 주던 서일순이라.

만리 창해에 오고가는 화륜선이 서로 피할 겨를 없이 마주 부딪치는 것도 인연이라. 서 씨가 김 씨 집에 무슨 깊은 인연이 있었던지 졸지에 친분이 생기느라고 구월 초이튿날, 평양 북문 안 김관일의 집에서 공교로운 소요가 생긴 것이라.

서일순의 자는 이문이요, 별명은 삼부지요, 행세는 팔체라.

삼부지라 하는 것은 세 가지 알 수 없는 일이 있다는 말인데, 한 가지는 서 씨의 나이가 이십일 세가 되었는데, 장가는 무슨 지조가 있어서 아니 드는지 알 수 없는 일이요, 돈을 썩 잘 쓰는데 재산은 얼마나 가진 사람인지 알 수 없는 일이요, 풍치는 무한히 있는데 평양 기생 하나 상관 아니하는 것이 알 수 없는 일

이라.

 팔체라 하는 것은 여덟 가지 잘하는 것이 있는 체한다는 말인데, 글귀나 하는 체, 글줄이나 쓰는 체, 묵화도 좀 치는 체, 갖은 음률도 다 잘하는 체, 말 잘하는 체, 의협심도 있는 체, 개화한 체, 그러한 팔체 중에 입내는 다 낼 뿐 아니라 말은 참 잘하는 변사라. 본래 의주 사람으로, 삼 년 전에 그 부친이 죽은 후에 경성으로 이사하여 사는데, 수일 전에 구경차로 평양에 와서 두류하는 터이라.

 얼굴은 관옥 같고, 눈은 샛별 같고, 입술은 주사를 바른 것 같고, 키는 크도 작도 아니한 미남자라. 양복은 몇 벌이나 가졌으며, 조선옷은 몇 벌이나 가지고 다니는지 며칠 도리로 복색을 변하는데, 무슨 옷을 입든지 그 사람의 몸에는 그 옷을 입은 것이 맵시가 더 나는 것같이 보이는 터이라.

 그 달 초이튿날은 조타모자를 쓰고 조선 두루마기 입고, 양혜 신고 북문 밖에 산보하러 나갔다가 돌아오는 길에, 마침 북문 안 김관일의 집에서 무슨 소요가 있는 것을 보고 머리에 쓴 모자를 벗어서 옷가슴에 깊이 넣고 구경꾼 아이들과 섞여 서서 김 씨 집 안마당에 들어가서 구경을 하다가, 김관일의 부인이 죽느니 사느니 하며 뒷문으로 나아가는 것을 보고, 서 씨가 앞문으로 얼른 가서 부인의 뒤를 밟아 쫓아간즉 부인이 과연 죽을 작정으로 대동강으로 가더니, 물에 빠지려 하는지라. 사람의 목숨이 경각간에 위태할 지경에 체면도 차릴 수가 없이 달려들어 붙든즉 부인이 서리같이 호령을 하거늘, 말 잘하는 서 소년이,

"어머니, 어머니."

하며 빌고 달래고 꼬이는데 상성을 한 듯한 최 씨 부인이 마음을 잠깐 돌려서 다시 생각하되, 내가 죽더라도 남편에게 하고 싶은 말이나 다 하고 죽으려는 마음으로 서 씨를 따라서 자기 집에 돌아오더라.

그러한 소요는 평양부 내에서 소문을 못 들은 사람이 없는 고로, 김관일의 안면을 모르던 사람일지라도 김관일의 부녀가 귀국한 소문도 듣고, 김 씨의 부녀가 십 년간 풍상 겪던 일까지 호외를 돌린 듯이 소리가 널리 나고, 이름이 일시에 드러난지라. 구월 구일 환영회는 누가 발기하였든지 김 씨를 알고 모르고 간에 구경 삼아 온 사람이 많았는데, 그 회에 제일 먼저 출석할 듯한 서일순이 무슨 일이 있어서 왔던지, 김관일의 앞에 평양 돌팔매가 들어가듯 술잔이 들어갈 때에, 서 씨가 또한 김 씨 앞에 와서 술 잔을 권하였으나, 최 씨 부인은 부끄러운 마음에 취하여 사람을 쳐다보지 못하고 자기 입만 보고 앉았는 고로, 서 씨가 온 줄을 모르고 있다가 뜻밖에 자기 앞에 술잔이 쑥 들어오는 것을 욕을 본 것같이 놀라 쳐다보니, 허물없고 반가운 사람

이라. 부인의 마음에,

'저 사람이 아니면 내가 벌써 고깃배에 장사를 지냈을 터이라. 목숨이 아까운 것이 아니라, 어질고 착한 남편을 원망하고 죽었다면 죽은 혼령이라도 죄를 받을 것이요, 난리 중에 죽었다고 단념한 자식이 살아 있다가 십 년 만에 어미 보러 온 옥련을 몰라보고 원수가 피하듯이 뛰어나가 죽었던들 어미의 한 되는 것은 고사하고 옥련에게 한을 끼치는 것이 또한 내 죄라. 미친년에게 속아서 경솔히 죽으려던 내가 미친년이지 싶은 생각을 하면 아슬아슬한 일이라. 지나간 일은 생각하여 쓸데없고 서 씨의 은혜를 갚을 일을 경각하면 우리 세 식구가 태산 같은 빚을 지고 있는 터이라. 동생을 삼는다 하면 빈말뿐이지 참동생이 되는 것도 아니요, 아들을 삼는다 하면 남더러 욕하는 말이지 은혜 갚는 것이 아니라. 서 씨가 내 소원을 좇을 것 같으면 사위를 삼아서 옥련이 서 씨의 어진 아내 노릇을 하고 옥련이 아들을 낳아서 그 자식이 서 씨에게 효자 노릇을 할 지경이면, 우리가 은혜 갚는 사람이 되겠으나, 그러나 이러한 말을 옥련의 귀에는 감히 들여보내지 못할 일이요, 허물없는 남편에게는 말 못 할 것은 없으나 말을 하는 대로 귀양만 보낼 터이니 답답한 일이라. 어찌하면 좋을꼬?'

생각하는 것은 부인의 혼자 마음이라. 한편에서는 와글와글

지껄이는 연회석에 벙어리같이 입을 봉하고 앉았던 부인이 서씨를 건너다보며,

"내가 살아서 이런 환영을 받는 것은 서 서방의 덕택이오."

"천만의 말씀이오. 사람의 목숨이 하늘에 달렸으니 도와주신 하느님의 덕택이올시다."

"사람이 물에 빠져 죽는 것을 하느님이 손이 있어서 붙드으셨단 말이오?"

"하느님이 대신 사람의 손으로 붙들었으니, 그것도 하느님이지요. 만일 하늘의 도움이 없으면 붙들려는 사람도 없을 터이오. 있더라도 못 붙들 터이니 어떠하든지 하늘이지요."

부인이 웃음빛을 띤 얼굴로 옥련을 돌아다보며,

"옥련아, 너 저런 말을 좀 들어 보아라. 세상 사람들이 조그마한 잘한 일이 있더라도 자랑을 하든지 공치사를 하든지 그런 사람이 많을 터인데, 서 서방은 자기가 남에게 적선을 하고 공을 하느님께 돌려보내니, 적선하는 마음보다 저런 마음이 더 어려운 일이 아니냐? 이애 옥련아, 우리가 서 서방의 은혜를 어떻게 갚는단 말이냐?"

하며 눈물을 씻으니 옥련이 또한 눈물을 씻는데, 샛별 같은 서일순의 검은 눈동자에는 옥련의 태도가 쏙 들어가서 사진이 박혔더라.

회는 오후 세 시가 될락말락하였는데, 여기저기 들여온 요리상 위에는 술안주가 닭의 발로 헤쳐 놓은 듯이 흩어졌고, 삼백여 명 회원의 얼굴에는 모란봉 단풍이 비치었는데, 회는 파방판에 늘어지게 노는 판이라. 풍악 소리는 연회석 한편이 떠나가는 것 같고, 춤추는 기생들은 떨어지는 꽃과 날아드는 나비가 봄바람에 나부끼는 것 같은데, 풍류랑은 풍류랑끼리 몰려가서 멋에 질려서 건들거리며 놀고, 주객은 주객끼리 몰려 앉아서 술 뒤풀이를 하며 지껄이고, 글자나 하는 사람은 글자 하는 사람끼리 몰려 앉아서 대해동두점점산(大海東頭點點山)이 잘 지은 글이니 못 지은 글이니 글 이야기가 일어나고, 행세가 점잖다는 사람은 연회에 출석은 어찌하였는지 김관일이 앉았는 곳은 그 부인과 옥련이 있는 고로 내근하다고 그 근처에는 가지도 아니하고 혼자 심심하게 앉았다가, 혹 말벗이나 될 사람을 보면 태고 천황씨 때 이야기가 나오고, 열 개화꾼은 김관일 앞으로 모여 앉아서 개화한 체하느라고 각기 신지식을 내어놓는다.

미국은 땅 밑에 있다 하는 사람, 미국은 해가 밤에 돋는다 하는 사람, 서양 사람은 양의 자손인 고로 눈이 누르다 하는 사람, 그런 고로 서양이라는 양자가 삼전변에 양 양(羊) 자라고 더 자세히 아는 체하고, 남의 말에 주를 내는 사람.

그러한 사람들은 옥련의 얼굴에 정신이 팔려서 까닭 없이 홍

이 나고 주책없이 거드럭거리는데, 한 사람씩 말을 하는 것이 아니라 남의 말은 듣지도 아니하고 각각 제 말만 하느라고 생황의 구멍마다 소리가 나오듯이 입을 다물고 있는 사람은 하나도 없으니, 듣는 사람은 뉘 말을 들어야 좋을지 모르는 터이라.

옥련은 천성이 단정하고 또 고등 교육을 받은 계집아이라, 부랑무식(浮浪無識)한 남자의 성질도 모르고, 또 그 말하는 의미도 전혀 모르고, 다만 연회 끝에 술 취한 사람으로만 알고 앉았다가 갈까마귀 떼같이 지껄이는 소리가 어찌 그리 듣기 싫던지 머리가 아프고 귀가 솔 지경이라.

옥련이 살짝 일어나서 휘장 밖으로 나가니, 가을바람이 서늘한 기운에 새 정신이 나는데, 걸음걸음 거닐다가 사람 없는 나무 밑에 가서 우뚝 섰더니 홀연히 감동되는 일이 있어서 혼잣말로 탄식이라.

이곳이 옥련이 총 맞던 곳이런가! 이곳이 옥련이 부모 이별하던 곳이런가! 이곳에서 십 년 전에 무수한 화패를 당하였더니, 오늘은 이곳에서 이런 환영을 받는구나. 반갑다 모란봉아, 십 년 풍상에 변치 아니한 것은 너로구나. 옥련은 운수불행하여 십 년 동안에 출몰사생하고 동서양에 표박하다가 하느님이 도우시고 귀신이 도와서 고향에 돌아와서 네 모양을 다시 본다.

모란봉아, 물어보자. 인생화복을 알거든 내게 말 좀 하여 주려무나. 옥련의 지나간 십 년이 그러하니, 이후 십 년은 어떠할지. 각골난망의 은인인 구완서와 십 년간 이별이라. 어와 가련하다, 옥련의 신세 가련하다. 옥련의 육체는 떠날 리(離) 자를 가지고 있고. 옥련의 정신은 근심 수(愁) 자가 맺혀 있으니, 옥련의 일평생은 이별하는 근심으로 지내라는 것인가.

미국 워싱턴에서 아버지를 만나 보니, 고향에 혼자 있는 어머니가 보고 싶고, 고향에 돌아와서 어머니를 만나 보니 다시 구완서를 그리고 못 보는구나!
하여 머리를 들어 북아메리카 워싱턴을 바라보니, 워싱턴은 육만 리 밖이라. 묘묘한 하늘빛에 눈이 암암할 뿐이요, 다만 보이는 것은 눈앞의 모란봉이라.

홀연히 까마귀가 깍깍 짖는 소리가 나거늘, 옥련이 머리를 들어 쳐다보니 무지러진 고목 위에 앉은 까마귀 한 마리가 꼬리는 연회장 차일 친 편으로 향하고 대강이는 옥련에게로 향하여 내려다보며 짖거늘 옥련이 풋대추만 한 돌 하나를 집어 들고, 까마귀는 펄쩍 날아 석양천에 멀리 떠 달아나고, 돌은 고목 위에는 올라갈 가망도 없이 두어 길쯤 낮게 떠서 연회장 휘장 친 곳에로 들어가는데, 마침 연회석에서 휘장을 번쩍 들고 쑥 나서는 사람의 머리 위에 뚝 떨어진다.

힘없이 떨어지는 조그마한 돌이라, 다행히 머리가 터지지는 아니하였으나 뼈끝에 돌을 맞은 터이라, 머릿골이 울리면서 눈에 불이 번쩍 나서 고개를 들어 바라보니, 열 아름이 되는 고목 등걸 뒤에서 석전하던 적병은 다시 보니 경국경성(傾國傾城)의 여장군이라.

그 후 수일 만에 남문 안 최여정의 집에서 주인의 사랑을 혼자 차지하고, 돈을 물 쓰듯 하고, 주인에게 상전같이 대접받고 있는 서일순이, 약 없는 병이라서 귀신 모르는 죽음을 할 지경이라.

약이 없는 것은 아니라, 돈으로 사지 못할 약이요, 힘으로 뺏지 못할 약인데 꼭 그 약을 써야 살 터이라.

병은 무슨 병이냐 물을진대, 얼굴에 웃음빛을 띠고 남더러 말 못할 병이라. 사지가 무양한 병이요, 백체가 건강한 병이라. 그러면 무병한 사람과 다름이 없지마는, 음식을 먹으면 맛이 없이 먹고, 잠이 들면 꿈을 많이 꾸는 병이라.

잠만 들면 옥련을 만나 보고, 잠을 깨면 옥련이 간 곳 없으니, 밤낮없이 잠만 들면 좋으련마는 생각이 간절할 때는 잠들기도 어려우니 잠 못 자는 심병이라. 달 밝고 서리 찬 가을밤에 귀뚜라미의 소리가 그윽한데, 때때로 부는 바람이 떨어지는 나뭇잎을 끌어다가 적적한 나그네 창을 툭툭 치는데, 잠 못 들어 번열증이 나서 혼자 앓아 담배만 먹다가 혓바늘이 돋아서 담배도 못 먹고 마음을 붙이려고 《서상기(西廂記)》를 보다가 화증이 나서 책을 집어던지고 모로 툭 쓰러지더니, 오 분 동안이 못 되어 다시 벌떡 일어나서 체경을 앞에다 놓고 들여다본다.

까만 머리에 기름을 함칠하게 발라서 좌우로 떡 갈라붙인 가림자살이 밤톨같이 부었는데, 손으로 꾹꾹 눌러보면 아프기도 하나 아파서 만져보는 것도 아니요, 이리저리 들여다보면 혹부리같이 보기도 싫으나, 반악(潘岳)의 투귤(投橘)같이 내 머리에 돌을 던지던 사람을 생각하여 아픈 것을 정표로 알고 부은 것을 기념물로 알아서, 보고 보고, 만지고 만지고, 다시 들여다보고 만져보며 정신없이 혼잣말이라.

"고 몹쓸 것이, 남의 살에 이렇게 표를 하여 놓고 보이지 아니하니 고런 얄미운 것이 어디 있어? 아무리 생각하여도 심상한 일은 아니라. 연회에 왔던 계집아이가 혼자 살그머니 나가서 나무 밑에 섰기는 웬일이며, 내가 나가는 것을 보고 돌은 왜 던져? 오냐, 옥련의 마음도 모를 것 없다. 내 옆에 앉았다가 살며시 나가서 나무 밑에 선 것은 까닭이 있는 것인데, 눈치 없는 이놈이 삼십 분 동안이나 되도록 아니 나갔으니 제 마음도 좀 답답하였을 것이었다. 일은 꼭 그러할 일이야. 내가 휘장 밖에만 나서거든 암호로 던지려고 동골동골하고 반질반질하고 맵시 좋고 조그마한 돌 하나를 들고 일심전력으로 기다리고 있다가, 나를 보고 툭 던지는 그 돌이 넘고 처지지도 아니하고 좀 앞 좀 뒤로도 아니 가고 내 정신이 모여 있는 머리 위에 떨어졌으니 던지기도 묘하게 던졌거니와 받기도 썩 잘 받았지. 내가 좀 아픈 것은 관계치 아니하나, 옥련이 무안할 모양이 가엾어. 영서일점(靈犀一點)이 가만히 서로 통한다는 옛사람의 글도 있거니와, 사람의 마음이란 것은 서로 통하기가 쉬운 것인즉, 옥련의 마음은 내가 알고, 내 마음이 이렇게 간절한 것은 옥련이 모를 리가 없으렷다. 옥련이 내 마음을 알고 내가 있는 집을 아는 터에 나를 찾아오지 못하는 것은 부끄러운 태도 많은 계집의 본색이렷다."
하면서 혓바늘이 돋아서 아니 먹으려던 담배를 다시 먹으려고 담배 서랍을 열더니, 녹녹하게 축인 서초 한 대를 뚝 떼어서 은수복(銀壽福)을 놓은 긴 담뱃대를 집어 들고 막 담으려다가 창밖에서 사람의 발자취 소리가 나는 듯한 것을 듣고, 손에 들었던 담배를 서랍에 얼른 집어넣고, 담뱃대는 한편에 슬쩍 치워 놓고 방바닥에 펼쳐 놓인 《서상기》는 책장 옆에서 책장 위로 정제히 놓고, 가방에서 향수를 꺼내더니, 옷깃에도 들어붓고 얼굴에도 바르고 머리 위에도 홀홀 뿌리고, 손수건에도 들어붓더니 향수병은 집어 넣고. 금강석 물부리에 여송연 한 개를 끼어 붙여 불고 정제히 앉았는데 창밖에 인기척이 뚝 끊어지고 아무 소식이 없는지라. 서일순이 의심이 나서 또 혼잣말이라.

"사람의 발자취 소리런가? 바람에 놀란 나뭇잎이 땅에 굴러다니는 소리런가? 사람인가? 바람인가? 만일 사람이면 정녕 옥련이지? 밤중에 나를 찾아오느라고 나비를 잡으려는 걸음같이 가만 가만히 걸어올 사람이야 옥련이 외에 누가 있나? 나를 다시없이 생각하고, 다시없이 부끄러워하는 사람이 나를 찾아오는 걸음걸이라, 내가 그런 것은 용하게 알지. 어찌 생각하면 옥련이 나를 찾아오기가 썩 어려운 일이라, 나실 리가 만무할 듯하나 꼭 그렇지 아니한 일이 있지. 내게 돌을 던지던 마음에 여기를 못 와? 옥련은 개화한 사람이라 출입을 마음대로 하는 터에 내게를 못 와? 그러나 오늘 밤에는 아마 옥련이 아니 들어오고 도로 갈 리가 있나? 아니, 그것도 또 모르지. 내가 혼자 군소리하는 것을 듣고 누가 있는 줄로 알고 도로 갔나? 대체 오기만 왔으면 그렇게 쉽게 갈 리가 없지. 손님이 온 줄 알고 손 가기를 기다리느라고 어디서 숨은 것이구."

하면서 미닫이를 연다.

미닫이 밖에는 위아래 고리를 건 덧문이 있는데, 그 덧문 닫힌 밖에 웬 사람 하나가 섰다가 달아나는 신발 소리가 난다.

급히 먹는 밥이 목이 메듯이, 서 씨가 미닫이를 너무 급히 열다가 마가 드느라고 아래를 치면 위가 걸리고, 위를 치면 아래가 걸리는데 미닫이 두 짝이 서로 의논을 한 듯이 이짝을 열려 하여도 그 모양이요, 저짝을 열려 하여도 그 모양이라. 손으로 미닫이를 차는 소리가 툭탁툭탁하다가 미닫이가 드륵 열리매 문고리를 벗기며 덧문을 열어젖히고 내다보니, 적적한 밤 밝은 달이 마당에 가득한데, 무너진 담 아래 이슬에 젖은 국화가 바람 없이 흔들리는데 사람은 보이지 아니하고 이웃집 개만 콩콩 짖는다.

서 씨 마음에, 옥련이 왔다가 부끄러워서 못 들어오고 달아난 줄로 알고, 버선 바닥으로 뛰어나가서 까투리를 쫓아가는 장끼의 걸음같이 쫓아가다가, 무너진 담 위에 사람이 넘어 다니는 길이 난 곳에 썩 올라서니 담 아래는 한길인데, 사람 하나가 담 모퉁이에 숨어 섰다가,

"이문이 어디 가나?"

하며 허허 웃는데, 돌아다보니 주인 최여정이라.

본래 서 씨의 말을 엿듣던 사람은 최여정인데, 그 말이 재미가 있어서 엿들은 것이 아니요, 그런 말은 들어 두면 기화로 이용할 일이 있는 고로 엿들은 터이라.

세상에 알기 쉬운 듯하고 알 수 없는 것은 사람의 마음이라. 그러한 비밀장을 남에게 낱낱이 드러내 보인 사람은 서일순이요, 본 사람은 최여정이라.

서 씨는 낙망한 일이 있어 화증이 나는 중에 부끄러운 마음을

이기지 못하여 최 씨를 대면도 하기 싫은 생각이 나는데, 자기가 혼자 군소리한 것은 얼뜬 일이나 최 씨가 발자취 소리 없이 남의 말을 엿들은 것은, 하는 짓이 밉살스러운 일이라. 그날 밤내로 그 집을 떠나고 싶은 생각이 있으나 성을 내고 떠나면 남에게 한 가지 웃음거리가 더 될 터이요, 웃는 낯으로 떠나려 하면 주인이 만류할 터이라. 어찌하면 좋을지 생각하느라고 말없이 섰는데, 최 씨가 허허 웃으면서 서 씨의 손목을 끌고 방으로 들어가자 하니, 서 씨가 정신없이 하는 말이,

"망할 놈, 네가 온 줄을 내가 모르고 그리할 듯하냐? 내가 너 들어보라고 한 말이다!"

하며 허허 웃고 방으로 들어가서 두 사람이 마주앉으며, 최 씨는 서 씨의 얼굴을 쳐다보고 서 씨는 최 씨의 얼굴을 쳐다보다가, 두 사람의 눈이 마주치며 최 씨는 빙긋 웃고 서 씨는 홀연히 얼굴이 벌게지며 고개를 책상 옆으로 돌려서 무엇을 찾는 모양 같더니, 금띠 띤 여송연 한 개를 집어서 최 씨 앞에 쑥 내밀며,

"옛다, 이것 하나 먹어 보아라. 네가 이런 것을 어디서 구경이나 얻어 하였느냐."

최 씨가 여송연을 받아 들고 이리저리 보며,

"주는 것은 고맙다. 그러나 사람을 업신여겨도 분수가 있지. 내가 이런 것을 먹기는 처음이나, 설마 구경이야 못하였겠느

냐."

"주제넘은 놈, 네 행세와 네 교제에 여송연 먹는 친구가 다 있단 말이냐?"

"친구는 있든지 없든지 여송연만 구경하였으면 고만이지. 구월 구일에 구완서의 장인 환영회를 할 때에는 여송연을 물고 앉은 사람이 적어도 이십 명은 되겠더라."

서 씨가 얼굴빛이 변하며,

"응. 구완서의 장인이 누구란 말인가?"

"김관일을 몰라?"

"그 딸이 또 있나?"

"아니, 옥련이 무남독녀지."

"그러면 구완서의 장인이라니."

"옥련의 남편이 구완서인 줄 모르나?"

"계집아이가 남편이 있을 수가 있나?"

"말이 계집아이지, 구완서의 부인이야. 그러나 아직 성례만 아니하였지."

"응, 별 우스운 소릴 다 들어 보겠네. 성례 아니한 내외가 어디 있단 말인가? 아마 옥련이 어디 혼인 정한 곳이 있는 것이로구."

"그렇지. 혼인을 정하기만 하였다고 말하더라도 말이 되고,

또 옥련은 구완서의 부인이라고 말하더라도 말이 되지. 가령, 옥련이 죽으면 구완서가 수절할 리는 없으나, 만일 구완서가 지금 죽으면 옥련이 정녕 수절할걸."

"가령, 혼인을 정하였다가 신랑이 될 사람이 죽었는데 그 정혼한 색시가 수절하는 미친년이 있단 말인가?"

"상전이 벽해가 되더라도 구완서와 옥련이 혼인 언약 맺은 것은 변할 리가 없은즉, 옥련의 마음에는 제 몸이 구가의 집 사람이 된 줄로 알고 있는걸……."

하면서 서 씨 얼굴을 흘끗 본다.

서 씨는 최 씨의 말을 들어 볼수록 가슴이 답답증만 생긴다.

구완서와 옥련이 혼인 언약을 맺은 것도 처음 듣는 말이요, 상전이 벽해가 되더라도 그 혼인이 파약될 리는 만무하다는 말은 깜짝 놀랄 일이요, 옥련의 마음에는 제 몸이 구 씨 집 사람이 된 줄로 알고 있다는 말과, 구완서가 지금 죽더라도 옥련이 수절할 사람이라 하는 말은 기가 막힐 일이라.

옥련의 마음이 그러할진대, 나는 헛애를 쓰는 사람이라 몹쓸 원수의 년의 계집아이가 얄밉기 한량없으나, 그러할수록 생각은 더욱 간절하여 이 몸이 구완서가 되지 못한 것만 한이 된다.

그러한 생각을 하느라고 참선하는 중같이 눈을 감고 가만히 앉았다.

"이문이 이문이, 곤하거든 자리 펴고 드러누워 자세. 내가 너무 오래 있어서 자네가 잠 밑지겠네."

서 씨가 눈을 번쩍 뜨며,

"아직 초저녁인데, 지금부터 자는 사람이 있단 말인가? 더 앉아 무슨 재미있는 말이나 하다 가게."

"나는 이렇게 일찍 자는 사람은 아니지마는, 자네가 아주 곤한 모양이야. 할 말이 있으면 내일은 못하나?"

"내가 눈을 좀 감고 앉았더니, 졸려서 눈을 감은 줄 알았나? 현기증이 잠깐 나서……."

"그 증이 본래 있던가?"

"큰일에 잠 못 자는 증이 생기더니 그 후로부터 현기증이 생겨……."

"잠 못 자는 증이 생겨……. 그것 중증일세."

"중증이고 경증이고 겁나는 것은 없지마는, 하루 이틀이 아니고 밤 보내기가 좀 어렵거든. 어느 친구가 와서 무슨 말이나 할 때는 심상치 아니하나, 밤은 길고 잠은 아니 오는데 혼자 있으면 썩 심심하여 오늘 밤에는 자네가 학질 붙들리듯이 내게 잘 붙들렸네. 술이나 사다 먹으며 이야기나 하세."

하더니 행랑에 있는 사람을 불러서 술을 사 오라 지휘하고,

"오늘 밤에는 친구도 있고 술도 있고, 밤을 잘 보내겠네."

"사람이 잠을 못 자고 살 수 있나? 그래 조금도 못 잔단 말인가?"

"밤을 꼬박 새지는 아니하나, 속이 조하고 번열증이 나기 시작하면 샛별이 올라올 때까지 잠을 못 들 때가 많이 있어."

"진작 의원이나 보고 약이나 먹어 보지."

"의원, 의원, 의원이 어디 있어야지."

"그는 그렇지. 그러나 병도 병 나름이지. 병을 낱낱이 고칠 것 같으면 쳇소리가 나게 효험이 나는 것이라. 여러 말할 것 없이 단방 약 한 첩 먹어 보려나?"

서 씨가 고개를 수그리고 잠깐 말없이 앉았다가 고개를 번쩍 들며,

"응, 단방이나 쓴방이나 약만 될 것 같으면 먹지."

"약은 신약이라, 더 말할 것 없지마는 돈이 썩 많이 들어."

서 씨가 씽긋 웃으면서,

"돈이 너무 많이 들 것 같으면 나같이 가난한 사람이야 생각할 수 있나? 그러나 꼭 효험만 있을 줄 알면 십만 원까지는 아끼지 아니하지."

최여정이 서일순의 어깨를 탁 치며,

"아따 그놈, 사나이로구나. 보짱 크게 십만 원……. 허리에 십만 원을 띠고 학을 타고 양주로 올라가려느냐? 오냐, 걱정 마라.

돈이 있으면 두억시니라도 섬길 터이요, 돈이 있으면 하늘에 있는 별도 딸 터이라. 평양성 내에 있는 옥련이 하나를 돌려내기가 그리 어렵단 말이냐."

하며 허허 웃으니, 서일순이 얼굴이 벌게지고 입이 떡 벌어지며 또한 허허 웃는데, 창밖의 마루 끝에 술상을 내려놓는 소리가 들리거늘, 서 씨가 최 씨를 보며 손짓을 슬슬 하니 최 씨 입에서 나오던 긴요한 말이 뚝 끊어졌다.

술상을 들여놓는 사람은 최 씨의 집 행랑에 있는 더부살이 계집이라. 나이 이십사오 세쯤 되고, 키는 자그마하고 얼굴은 둥글고 두 볼은 밤볼지고 눈은 옴팡눈이요, 이마는 숙붙고 살결은 이상히 흰데, 웃는 얼굴은 사랑스러우나 성이 나서 빼죽할 때는 눈에 암상이 닥지닥지한 계집이라.

술 사러 보낼 때는 헤헤 웃는 낯으로 대답하고 가던 것이, 술상을 가지고 들어올 때는 암상이 닥지닥지한 눈으로 서 씨를 힐끗 보더니, 서 씨의 턱밑에 바싹 들어와서 술상을 콕 부딪는 듯이 놓고, 치마꼬리에서 바람이 나도록 획 돌아가는데, 서 씨가 눈살을 잠깐 찌푸리다가 다시 천연한 기색으로 그 계집을 부르더니 십 원 지폐 한 장을 건네주며, 세상에 다시없는 큰 행하나 하여 주는 듯이 말을 떠벌리는데, 그 계집은 문 앞에 서서 고개만 돌이키고, 서 씨 얼굴을 뚫어지듯 보다가 문을 열고 나가며

혼잣말로,

"누가 품삯을 팔아먹으려고 이런 심부름을 하나? 팔자 사나운 년이 병신 같은 서방을 얻어 만나서 제 집 한 칸이 없고 남의 집 행랑에 들어 있으니 밤중에 누워 자는 년을 일으켜서 술을 사 오라든지 별을 따 오라든지 시키는 말은 다할 터인데 돈은 왜 주어? 서방님이 이 댁 사랑에 와서 계신 지가 두 달이나 석 달이나 되도록 내가 밤낮 없이 심부름만 하였으나 돈을 바라고 심부름을 한 개딸년은 없지. 소문에, 평양성 내에 있는 옥련을 돌려내려고 돈을 십만 원이나 쓴다 하니 어떤 선녀 같은 계집인고, 내일 좀 찾아가서 보고 그 집에 치하 좀 하고 올 터이야."

하는 소리가 방에 들리도록 하더니 말소리도 끊어지고 발자취 소리도 없는데, 방에 있는 최 씨와 서 씨 또한 말없이 앉았다.

본래 그 계집의 별명은 하늘밥도둑(땅강아지)인데 그 별명의 뜻은, 가령 하느님이 밥상을 받았더라도 앙큼한 마음에 훔쳐 먹으려 드는 계집이란 말이라.

그렇게 욕심 많은 계집이 전생의 무슨 연분으로 그런 서방을 얻어 만났던지 얼굴은 검고 누르고, 살은 문둥이같이 푸석 살이 찌고, 미련하기는 곰 같고, 게으르기는 굼벵이 같은데, 낮잠이 들면 하루 종일 자더라도 남이 깨워 주기 전에는 잘 일어나지 아니하는 자라.

그런 고로 제 계집 하나 먹여 살릴 힘이 없을 뿐 아니라 제 몸뚱이 하나 먹고 살 재주가 없는 위인인데, 그 계집만 없으면 벌써 바가지를 차고 물방앗간으로 갔을 것이라. 그 계집은 인물이 어여쁘다 할 수는 없으나, 누가 보든지 면추는 한 계집이라 하는 터인데, 대체 얼굴은 보면 예삿사람이나 마음은 예삿사람이 아니라.

  서일순이 최 씨 집에 와서 있은 후로 새로이 욕심이 늘어서 일심전력으로 서 씨 눈에 들려고 애를 쓰는데, 서 씨의 마음이 어찌 단단하던지 그 계집이 요악을 부릴수록 밉게 보나, 주인 최 씨 집에 부리는 종이 없고 최 씨의 부인이 손수 조석밥을 지어먹는 고로 사랑에 있는 서 씨의 밥상은 행랑에 있는 계집이 들고 다니는 터요, 또 서 씨가 물 한 그릇을 떠 오라든지 술 한 잔을 사 오라든지 하루 종일 허다한 심부름을 다 그 계집이 하여 주되, 시키는 심부름 외에 속이 시원하게 하여 주는 일이 허다한지라. 서 씨가 종종 돈냥씩이나 주지마는 그 계집의 욕심이 그만 돈을 바라는 것이 아니요, 장가도 아니 든 서 씨를 잘 호리면 아내는 못 되더라도 첩은 될 줄로 알고 있는데, 그 본서방은 조만간에 내버릴 터이나 불쌍한 생각이 있어서 제가 잘 되거든 돈이나 좀 얻어 주고 버리려는 작정이라.

  그렇게 경영하고 있는 중에, 그날 밤에 술상을 가지고 오다가, 최 씨와 서 씨가 하는 말소리를 듣고, 혹 제 말이나 들어 보려고 문밖에 가만히 서서 들은즉, 마침 십만 원이니 얼마니 하는 돈 말이 나며 최 씨의 말에, 돈이 있으면 두억시니도 섬기느니 별이라도 따느니 하더니, 그 끝엣 말은 평양성 내에 있는 옥련이 하나를 돌려내느니, 못 돌려내느니 하는 소리를 듣고, 그 계집이 새암이 나고 암상이 나서 머리 위에 이고 섰던 술상을 암상김에 내려놓은 터이라.

최 씨는 한 집안에 있으면서 그러한 사정을 까맣게 모르던 터이라, 그날 밤에 그 계집의 동정을 보고 또 그 말을 들어 본즉 무슨 충절이 어떻게 있었던지 서 씨에게 원망을 꼭 맺은 것 같은지라. 만일 그 계집의 마음을 가라앉히지 못하면 서 씨도 서 씨거니와, 평양 바닥에서 나까지 망신을 하겠다 싶은 염려가 생겨서 서 씨에게 무슨 의논을 하려 한즉, 서 씨가 손짓을 하며 말을 못하게 하고 술 한 잔을 가득히 쳐서 최 씨에게 권한다.

최 씨가 싱긋싱긋 웃으며 술잔을 받아서 얼른 마시고 잔을 서 씨에게 돌려보내더니, 술 한 잔을 따라 주고 선뜻 일어나서 문을 열고 나가려 하니, 서 씨가 최 씨의 손을 붙들고 못 나가게 하거늘, 최 씨가 손짓을 하며 붙들지 말라는 눈치를 보이고 슬쩍 뿌리치고 썩 나서더니,

"거 누구냐?"

소리를 한다. 하늘밥도둑은 또 무슨 말을 엿들으려는지 창밖에 꼭 붙어 섰다가 대답도 아니하고 뒤꼍으로 살짝 돌아간다.

최 씨가 방문을 열고 서 씨를 들여다보며 가만히 하는 말이,

"두말 말고 빌어라. 귀신도 빌면 듣느니라. 그러나 잘못 빌면 동티난다."

하더니 문을 툭 닫고 버선발로 가만히 내려가서 발자취 소리 없이 뒤꼍으로 돌아가다가 솔개가 병아리 차듯 하늘밥도둑을 붙들었더라.

"에그, 망측하여라. 왜 여기까지 쫓아와서 붙드셔요?"

"응. 자네런가? 나는 나를 찾아온 사람으로 알고 쫓아왔더니 서 서방님 찾아온 사람이로구."

"어떤 빌어먹을 년이 서 서방님을 찾아와요? 남의 유부녀더러 별 애매한 말씀을 함부로 하시네."

"말은 좀 잘못된 말이야. 그러나 아무도 없는 터에 무슨 말을 하였기로 관계있나? 뺨을 맞더라도 할 말은 다하지, 왜 창밖에 가만히 섰다가 나를 보더니 뒤꼍으로 도망을 하여? 내가 없었다면 사랑에 들어와서 서 서방님과 재미있게 놀았을 터인데 참 불안한 일일세. 자, 어서 방으로 들어가게. 나는 술 한 잔만 더 먹고 가겠네."

"놓고 말씀하세요. 망측하게 왜 남의 팔을 끄세요?"

"나 같은 사람이 자네를 끌고 어디로 가든지 의심은 말게. 나는 부처님 같은 마음일세."

"하하하, 나는 부처님이 무엇인지 몰랐더니 서방님같이 착한 양반이 부처님이로구. 옥련인지 금련인지 돌려내서 서 서방님께 중매 들려는 부처님, 갸륵하신 부처님, 남의 좋은 일 잘하시는 부처님, 젊은 친구를 꾀어서 돈을 십만 원씩이나 쓰게 하고, 계집 붙여 주는 부처님, 부처님이라 말고 붙여 주는 님이라 하였으면 더 좋지. 내가 일부러 평양 일경으로 돌아다니며 홀아비와 과부와 총각과 처녀를 만나는 대로 이 절 부처님 앞에 와서 불공만 잘하고 불붙여 주시도록 빌라고 일러 줄 터이야."

"허허허, 옳지 그럴 일이지, 그러나 남 권할 것 없이 자네 먼저 불공만 잘하여 보게. 어떤 부처님은 후생에 연화세계로 가느니, 극락세계로 가느니 그런 믿음성 없는 소리를 하나? 여기서 이 부처님은 거짓말 한마디 아니할 터이니 두말 말고 이 부처님께 불공만 잘하게. 내일부터 수가 뭉청뭉청 나리. 미륵님이 살찌고 못 찌기는 석수장 이놈의 솜씨에 달렸다고, 자네 한 몸 수 나고 못 나기는 내 솜씨에 달렸지."

귀신의 귀에 떡소리 할 것같이 하늘밥도둑의 귀에 그런 말소리가 들어가면 비위가 버썩 동하여 최 씨에게 진정의 말을 다 하면 남부끄러운 일도 많을 터이라, 차라리 불언중에 내 서러운 사정을 좀 알까 하여 볼까 하는 생각이 나서, 고개를 숙이고 홀짝홀짝 운다.

"울면 될 일도 아니 되네. 두말 말고 내 말만 잘 듣게. 참 별수가 나리."

"만만한 사람을 놀리느라고 하는 말씀이지. 무슨 수가 그렇게 쉽게 나오?"

최 씨가 그 계집의 어깨를 뚝뚝 두드리며,

"치마 입은 호걸이요, 머리 쪽 진 간웅이라. 아무 때든지 큰기침 한 번 할 터이니 걱정 말게."

하늘밥도둑이 호걸이란 말은 알아들었으나, 간웅이란 말을 몰라서 궁금증이 나서 아니 나는 성을 내고,

"무식한 년더러 문자를 써서 말하는 것은 사람을 놀림감으로 여기시는 일이라. 무슨 말씀을 하시든지 믿을 수가 있나?"

"참 잘하는 말이로구. 알아듣기 쉬운 말로 속이 시원하도록 얼른 말할 터이니 자세 들어 보게. 지금 내 집에 와서 있는 서 서방님은 돈이 자개사리 끓듯 하고 얼굴이 관옥 같고 재조가 표일한데, 나이 스물한 살 먹은 사람이 소치는 썩 있으나 점잖기는 다시없던 사람이라. 큰 사업을 한 인재로 알았더니 망패가 드느라고 어떠한 계집아이 하나를 보고 건으로 미칠 지경인데, 그 사람이 오래 살지를 못하든지 재산을 없애고 패가를 하든지 두

가지 중에 한 가지는 면치 못할 터이라. 서 서방님이 패가하는 통에 자네 부자 좀 되어 보게."

"남이 패가하기로 내가 부자 될 까닭이 있습니까?"

"응, 그 재물은 갈 곳 없지. 자네 손으로 다 들어갈 터이라. 오늘 밤 내로 속이 시원하게 알 일이 있으니 사랑방으로 들어가세."

"……."

"무엇을 생각하여 보아?"

"서방님 마음을 알 수가 없어서 좀 생각하여 보고 들어간다는 말이올시다."

"내가 사람은 변변치 못하나 남에게 의심을 받은 일은 없더니……."

"황송한 말씀이올시다."

"황송인지 청송인지, 그런 거북한 말 하지 말고 의심나는 일이 있거든 말을 하게."

"상년이 양반 앞에서 말을 함부로 하고 죄는 아니 당할는지요."

"이 사람, 밤 다 가네. 긴한 말만 얼른 하고 방으로 들어가세."

"내 입에서 말이 나오면, 서방님 귀에 거슬리는 말이 많이 나올 듯하니 말하기도 썩 어렵습니다."

"그렇게 어려운 말은 두었다가 하고 방으로 들어가세."

"하하하. 말씀하리다. 무식한 계집이 무엇을 알겠습니까마는, 주인서방님과 서 서방님 두 분이 평일에 지내시는 것을 본즉 참 정든 친구라. 주인서방님이 돈이 없어서 애를 쓰시는 듯하면 돈을 드리고, 빚에 졸려서 걱정이 되는 듯하면 빚을 갚아 드리는 사람은 사랑에 계신 서방님이라. 그만하여도 이 댁에서는 서 서방님을 은인으로 알 터인데 그 외에도 고맙게 구는 일이 허다하건마는, 주인서방님은 오히려 다 모르시지요. 서 서방님이 이 댁에 처음 오셨을 때에, 나더러 조용히 하는 말이, '이 댁에서 지내기가 어려운 터에 내가 사랑에서 숙식을 하고 있으니 이 댁 아씨께서 없는 세간에 손 대접을 하시느라고 오죽 애를 쓰시겠나? 내가 주인서방님께 돈냥씩이나 드리기로 가난한 양반이 돈을 보면 마른 논에 물 잣듯 하는지라, 어찌 그 돈으로 손 대접만 할 수가 있나. 아낙에서 무엇이 없어서 아씨께서 애를 쓰시는지 자네는 알 터이니 아는 대로 내게 귀띔만 하여 주게' 하시는 고로, 내가 그런 심부름을 하느라고 서 서방님께 돈을 받아서 물건을 사다가 아낙에게 드리기도 여러 번이라. 그러나 아씨는 번번이 걱정하시는 말이, '에그, 이 사람. 자네가 또 무슨 말을 한 것일세그려. 사랑에 계신 서 서방님이 안에서 양식이 떨어졌는지, 나무가 없는지 어찌 알고 돈을 들여보내신단 말인가? 그러나 댁 서방님이 아시면 내가 자네를 시켜서 손님 앞에 가서 우는 소리를 하고 돈을 들여보내도록 한 줄로 아시고 걱정을 오죽 하시겠나' 하시며, 주인서방님 아실까 염려하는 아씨 마음도 그러할 일이라 무엇을 주어서 싫다는 사람이 어디 있으며, 남의 것을 받고 고마운 줄 모르는 사람이 어디 있겠소. 남에게 무엇을 받을 때에 천진으로 받든지 꿋꿋한 체하고 체머리를 설설 흔들며 사양을 하고 받든지, 뒷손을 버티고 받든지, 눈을 감고 받든지 마음이 물건에 팔리기는 일반이라. 서 서방님이 주인서방님께 돈을 드리면, 주인서방님은 입이 떡 벌어지며 고마우니, 받기가 염치가 없느니, 은혜를 갚을 수가 없느니 하며, 한 말을 거푸거푸 하는 것이, 서 서방님을 위하여 죽을 일이 있으면 울어서 그 은혜를 갚을 듯한 모양이었습니다. 그러나 서 서방님이 나를 시켜서 아낙에게 돈냥이나 들여보내는 것을 주인서방님이 아시면 번연히 걱정을 하시니 서방님도 딱한 말씀이지. 아씨께 돈은 갖다드리지 아니하고 손님 대접을 잘하라는 말만 하시고, 손님이 돈냥을 들여보내든지, 물종을 사서 들여보내든지 그런 것을 보시면 아씨가 구걸이나 한 것같이 걱정하시는 그 뜻을 내가 알아요. 자잘한 신세를 많이 지면 큰돈 얻어먹을 때 방해될 듯하여 그리하시지요. 내가 아낙에게서 듣고 보는 일을 서 서방님에 낱낱이 이야기하는 눈치를 주인서방님이 아시고 그런 말을 전하도록 일부러 걱정을 더하시지요. 하하하하, 어떠하든지 이 댁 서방님 내외분은 서 서방님 한 분을 조상같이 위하시고."

"……."

"하하하하. 동생같이 사랑하시는 터에 만일 서 서방님이 이 댁을 떠나가시면 어떡하실 겁니까? 기어나가는 줄로 아실걸. 나는 어디서 떠들어 온 계집으로, 댁 행랑 한 칸을 얻어 들어 있는 사람이라, 서방님이 내게 무슨 깊은 정이 있어서 은인으로 알던 서 서방님의 재물을 내 손에 들어오도록 하여 줄 듯이 말씀하시는 것이 웬일이오니까? 그래서 서 서방님을 둘러 세고 내게 통정을 하시면 내가 곧이듣겠소?"

최 씨가 그 말을 듣고 입을 딱 벌리고 혀를 홰홰 두르더니 그 계집의 어깨를 탁 치며,

"이 몹쓸 사람. 남의 오장육부를 헤쳐 놓고 세상에 광고를 하려나? 바로 말이지, 내가 서 서방을 해롭게 하면 벼락을 맞을 사람이라. 서 서방님이 죽을병이 들었는데 삼신산에 들어가서 불사약을 구할 재주는 자네밖에 없는 터이라. 약값은 십만 원이라도 받을 터이니 딴 욕심 내지 말고 십만 원 약조만 단단히 받고 서왕모의 복숭아를 훔쳐 내듯 약만 구하여 오게. 자, 두말 말고 방으로 들어가서 오늘 밤 내로 의논을 정하세."

하더니 최 씨는 앞에 서고 하늘밥도둑은 뒤에 서서 사랑으로 들어간다.

누우면 잠을 못 들어 애쓰던 서일순이 앉아서는 어찌 그리 잘 자던지 팔짱을 잔뜩 끼고 앉은 채로 책상 위에 푹 엎드려서 나비잠에 원앙 꿈을 꾸었더라.

꿈에 장가를 드는데 처가는 평양 북문이요, 신부는 김관일의 딸 옥련이라. 서일순이 관복 입고 사모 쓰고 목화 신고 기러기를 안고 신부 집 안마당 행보석으로 걸어 들어가는데 걸음이 걸리지 아니하고 발을 떼어 놓을 수가 없어서 애를 무수히 쓰다가 홀지에 다리가 거분하여지며 걸음이 성큼성큼 걸려서 초례청에 선뜻 올라설 즈음에, 누가 몸을 잡아 흔들며,

"이문이, 이문이."

부르는 소리에 깜짝 놀라 눈을 번쩍 떠서 보니, 단칸 사랑방에 석유등불 돋워 놓고 마주 앉은 사람은 주인 최여정과 이 집 행랑살이하는 계집이라. 서일순이 기지개를 부드득 켜고 일어앉아서 다시 술상을 대하니 술은 서늘하게 식고 되지 못한 안줏점은 뻣뻣이 굳었는데, 화롯불을 이리저리 휘져서 술을 데우려 하니, 뽀얀 재 속에 반짝반짝 하는 모닥불이 조금 있는데, 그 불기운에 술이 더울는지 술기운에 재가 더울는지, 술도 맛없이 먹을 모양이라. 서 씨가 잠을 깨어서도 꿈을 꾸는지 꿈 생각을 하

고 있다.

'꿈을 조금만 길게 꾸었다면 초례나 지냈을걸……. 술을 먹더라도 혼인 잔치에서 즐거운 술을 먹었을걸……. 꿈만 못한 이 세상에 살아 있는 인생이 가련치 아니한가!'

그런 마음이 나면서 아무 경황이 없이 앉았는데, 최여정은 보기도 싫은 더부살이 계집을 데리고 들어와서 큰 공이나 이룬 듯이 의기 양양하여 익살을 피우는데, 경황은 없으나 그 말을 아니 들을 수 없는 사기라.

천지가 뒤집히는 듯한 전쟁을 그치고 구화담판(媾和談判)을 하더라도 결정될 때는 말 한마디에 있는 것이라.

서 씨의 손끝에서 황금이 펄펄 뛰어나오는 서슬에 최여정의 지혜 주머니가 톡톡 떨려 나오고 하늘밥도둑의 욕심덩어리가 풀릴 대로 풀렸더라.

그 계집이 서 씨와 남매를 맺었는데, 이름은 서숙자라 짓고, 그 동생 서일순의 장가를 들여 줄 의무를 졌으되, 서일순의 말에, 김관일의 딸 옥련이 아니면 장가를 아니 든다 하는 어려운 문제라.

그러나 서숙자는 결사대같이 나서서 기어이 그 일을 성공할 작정인데, 그 이튿날부터는 서숙자의 수중에서 지폐가 폴폴 날아 나온다.

평양성 내에 웬 계집이 하나 있는데, 사람은 알뜰하나 팔자가 기박하여 자식이 죽고 서방이 죽고 집도 절도 없고, 있는 것은 밥 들어가는 입 하나뿐이라. 나이는 오십여 세가 되었는데 의지할 곳이 없어 헌 누더기를 용문산에 안개 두르듯 하고 이리저리 떠돌아다니는지라. 서숙자가 그 소문을 듣고 그 계집을 찾아다니다가 어디서 만났던지 최여정 집 안방으로 데리고 오더니, 새 옷 한 벌을 입히고 음식을 먹이고, 아주머니, 아주머니 하며 어찌 친절히 구는지, 그 계집의 일평생에 서숙자같이 고마운 사람은 처음 보는 터이라. 너무 고마우면 눈물이 나는지 눈물을 씻으며,

"에그, 아씨같이 착하신 마음이 또 어디 있을꼬. 내가 팔자가 이렇게 된 후에 구복을 채울 수가 없어서 남의 집에 가서 일도 많이 하여 주고, 얻어먹기도 많이 하였으나, 늙은 것이 밥값을 하느니 못하느니 하며 구박하는 사람만 보았더니, 아씨께서는 나를 처음 보는 터에 새 옷을 주시고 좋은 음식을 이렇게 많이 주시니, 이 음식을 먹고, 이 옷을 입고 아씨 은혜를 갚지 못하면……."

하면서 비죽비죽 운다.

"여보, 나더러 아씨란 말은 마오. 내가 아씨 소리 들을 사람은 아니오. 옷 한 벌 드린 것이 무엇이 그리 끔찍한 것이라고 그렇

게 치사를 하신단 말이오. 나도 고생을 많이 한 사람이라, 누구든지 고생하는 것을 보면 힘대로 도와주고 싶은 마음이 있으나, 내 코가 석 자라고, 남을 도와줄 힘이 없으니 빈 마음이야 쓸데 있소."

"이 외에 어찌 더 도와주시기를 바라겠습니까?"

"저렇게 고생하지 말고 늙은 영감이나 얻어 가시지요."

"에구, 꿈같은 말씀도 하시오. 요새 세상에 인물 똑똑하고 나이 젊은 계집도 데려가는 사람이 없어서 고생하는 것이 많은데, 나같이 늙은 비렁뱅이를 누가 밥이나 치우려고 데려가오?"

"내 말만 들으면, 늙은 영감 하나와 돈 두 섬지기가 생기지."

"아씨가 죽으라시면 죽고, 살라시면 살 터인데, 무슨 말을 아니 듣겠습니까?"

"그런 말은 다 농담이니 차차 두고 봅시다. 그러나 어디 가면 별수 있소? 이 댁에서 심부름이나 하고 주인아씨 수고나 덜어드리면 어떻겠소?"

그 계집이 부엉이 집이나 만난 것같이 알고 달라붙는데 서숙자가 최여정의 부인을 눈짓하고 부엌으로 내려가니, 부인이 따라 나간다.

"여보 아씨, 우리 영감 장가들여서 어디로 보낼 터이니 방에 앉았는 마누라를 대접 좀 잘하여 주시오."

"그 마누라가 자네 영감의 마누라 될 사람인가?"

"……."

"자네 영감의 마누라 될 사람을 자네가 어련히 잘 대접할라고……."

"그는 그러하지요. 그러나 우리 영감을 도망질시키는 사람은 주인서방님이오. 만일 우리 영감이 도망질하다가 붙들리면 징역은 주인서방님과 같이할걸……."

최 씨 부인이 손을 설설 흔들며,

"이 사람, 가만가만히 말하게."

서숙자가 다시 말없이 웃으며 문밖으로 나가는데, 부인이 서숙자 나가는 뒷모양을 보고 또한 싱긋 웃다가 중문간에서 개 짖는 소리가 나는 것을 듣고 시치미를 떼고 방으로 들어간다.

그 이듬해 음력 삼월 이십일은 서일순의 생일이라고 생일잔치를 차려 놓고 집안사람끼리만 모여 먹는다 하면서, 김관일의 내외와 그 딸 옥련을 청하였더라.

집안 식구라 하는 것은 최여정 내외와 서숙자인데, 말이 집안 식구이지 서일순에게는 헝겊붙이도 아니 되는 사람이요, 김관일의 집 세 식구는 말이 남이지 서일순의 마음에, 이후에 김 씨 집의 혈손 전할 사람은 나라고 자기하는 터이라.

그때 서일순이 조그마한 집 하나를 새로 지어서 피력하던 날이 그날인데, 생일이란 말은 빨간 거짓말이요, 실상은 집을 지은 낙성식이라.

대체 헛생일을 쉬든지 참 낙성연을 하든지 김관일의 집 사람 세 식구를 청하려는 목적이라.

손님 청한 시간은 오후 세 시인데, 시간 잘 지키는 김관일이 자기 집에서 두 시 삼십 분에 떠나서, 서일순의 집에 다다르니 세 시 오 분 전이라. 서일순이 마당에 내려서서 김 씨 일행을 영접하는데 평일에 개화 잘한 체하기로 유명하던 위인이 김관일과 옥련 앞에서 조심을 어찌 대단히 하던지, 김관일이 손을 내밀어도 모르고 어리둥절하다가 왼편 손을 쑥 내미니, 옆에 섰던 옥련이 상긋 웃다가 서일순의 눈과 마주쳐서, 옥련은 시치미를 떼고 고개를 수그리고, 서 씨는 얼굴에 붉은 조수가 올라오는 것 같다.

김 씨 뒤에는 최 씨 부인이라, 부인이 서일순을 보고 친자질이나 만나 보는 듯이 반겨 인사하는데, 서 씨가 홀지에 그렇게 인사가 늘었던지 가장 인사에 익달한 체하고 부인에게 실례되는 줄도 모르고 먼저 손을 쑥 내밀며 성난 게가 엄지발로 무엇을 집으려는 것같이 부인의 손목을 붙들려는데, 부인은 평생에 남에게 손목 한 번 잡혀 보지 못하던 사람이라, 서 씨가 손을 내미는 것을 보고 비슥비슥 비켜서니 눈치 빠른 옥련이 그 모양을 보고 어찌 민망하던지 서 씨 앞으로 썩 나서며 서슴지 아니하고 서 씨의 손을 잡고 다정히 인사한 후에 세 사람이 서 씨를 따라 방으로 들어간다.

그날 그 좌석에는, 웬 일가몰이를 하였던지 최여정이 그 부인 김 씨를 데리고 나오더니, 면면히 인사를 마친 후에 일가를 찾는데, 김관일의 부인의 성은 최 씨요, 자기 마누라의 성은 김 씨라, 자기는 김관일의 부인의 일가요, 자기 마누라는 김관일의 일가라, 피차에 친정 일가를 만났다 하더니, 다시 서숙자를 가리키며 서일순의 일가라 하며 너름새를 부리는데, 깊은 규중에 들어앉아서 천진으로 세월을 보내던 부인들은 한 동생이나 사촌이나 생긴 듯이 반가운 마음도 나고 파겹도 되고 구경하는 흥치도 생긴다.

그중에 서숙자는 파겹을 너무 과히 한 것이 걱정이라 올챙이 개구리 되듯 작년 9월까지 남의 행랑 구석에 있던 사람이 어찌 그리 도두 뛰었던지 서일순에게 누님 누님 소리를 들으며, 가장 누이 노릇을 하느라고 서일순이더러 이문이니 삼문이니 부르면서 명령하기가 일쑤라.

대체 앙큼한 것은 병통이나 똑똑하기는 그만이요, 당돌한 것은 험절이나 남에게 붙임새는 다시없는 여편네라. 옥련을 사귀려고 이리저리 끌고 다니며, 대포 연기가 무럭무럭 나는 구련

성이 함락하던 러일 전쟁 사진 구경도 시키고, 울긋불긋한 새장 속에 길들여 혼자 노는 꾀꼬리도 구경시키다가 안 뒤꼍으로 데리고 들어간다.

공작의 꼬리치레한 듯, 그 집은 안 뒤꼍치레뿐이라. 그 집 전체를 볼진대, 안채가 열 칸이요, 사랑채가 다섯 칸이요, 행랑채가 세 칸이라. 불과 열여덟 칸쯤 되는 조그마한 집이나 안 뒤꼍으로 들어와 본즉, 훨씬 넓은 터에 나무를 심었는데, 기화요초를 어디서 그렇게 모아들였던지 사람이 꽃그늘 속으로 다니게 되었는데, 그때 꽃이 한창이라.

새소리 그윽하고 벌의 노래 은은한데, 휘어진 꽃가지는 옥련의 곱게 빗은 머리털을 붙들고 쥐어뜯어도 얼른 놓지 아니하는지라. 옥련이 그것을 운치로 알고,

"에그, 이 꽃나무가 나와 무슨 연분이 있나, 왜 이렇게 붙드누."

하면서 서숙자의 뒤를 따라 꽃가지를 헤치고 꽃밭으로 들어가는데, 하얀 나비 한 마리가 옥련의 앞으로 슬쩍 지나 서서 숙자의 머리 위로 훌쩍 넘어가며 나무 그늘 속으로 깊이 들어가는데, 그 앞에 나지막한 반송과 우뚝우뚝 선 벽오동 가지 틈으로 날아가는 듯한 초당이 보인다.

옥련이 고향에 온 지 반년이 넘도록 평양 북문 안 길가의 게

딱지 같은 집 속에서 먼지와 연기만 들이마시고 들어앉았다가 공기 좋고 운치 있는 정원에 들어와 본즉, 정신이 깨끗하고 부러운 마음이 있는지라 서숙자를 따라서 초당 구경을 하러 들어간다.

네 귀가 반짝 들린 처마 끝에 풍경 소리가 댕그랑 나는데, 네모반듯한 네 칸 집에 두 칸은 방이요, 두 칸은 마루다. 그 밖에는 조그마한 연못이 있고, 연못가에는 두견화가 만발한데, 석양이 물 아래 벌건 꽃 그림자를 끌어다가 도배를 하얗게 한 초당 벽에 반조되었는데, 서숙자와 옥련은 채색 구름 속에 앉은 것같이 전신에 은은한 붉은 기운이라.

옥련이 무심히 하는 말이,

"이런 데 있으면 세상 생각 다 잊어 버리겠네. 이런 조용한 곳에서 공부 좀 하였으면……."

"참말이오, 그 마음이 있거든 이 초당을 빌려 드리도록 주선할 터이니 여기 와서 계시오. 방이 두 칸이니 한 칸은 빌려 드리고 한 칸은 내가 있을 터이오. 공부 잘하시도록 심부름은 잘 하여 드리리다. 나는 이때까지 언문도 못 깨친 사람이니, 공부하시는 틈에라도 좀 가르쳐 주오."

"말이 그렇지 내가 어찌 여기 와 있겠소."

하며 상긋 웃으니 서숙자가 마주 상긋상긋 웃는데, 옥련의 웃음은 천진의 웃음이요, 숙자의 웃음은 의미가 깊은 웃음이라.

 손은 오후 세 시에 청하고, 요리는 다섯 시 반이나 된 후에 들어오며, 핑계는 옥련이 꽃구경을 하고 들어오기를 기다리느라고 지체하였다 하나, 실상은 시간을 보내려고 서숙자가 옥련을 데리고 나가서 꽃구경을 시킨 것이라.

 다섯 시 반에 들어온 교자상을 일곱 시 반이 지나도록 치우지 아니하고 서 씨와 최 씨가 번갈아 들며 김 씨에게 술을 권하되, 술 한 순배를 먹으려면 별 재미있는 잔소리가 많은데 청담도 아니요, 취담도 아니요, 구석 빈 객담으로 다만 십 분, 이십 분이라도 지체되어 손님이 얼른 일어나지 못하게만 하는 터이라.

 옥련 모녀는 지루한 시간에 몸이 불편한 기색이 있거늘, 서숙자가 유성기를 들여다가 기계를 틀어 놓으니, 김관일의 부인은 유성기를 처음 듣는 터이라 사람이 요술을 하는지, 귀신이 그 속에 있는지, 이상하다, 신통하다, 재미있다 하면서 시간 가는 줄을 모르고 듣는지라.

 부인은 부인끼리 유성기 앞에 모여 앉고, 남자는 남자끼리 술잔 앞에 모여 앉아서 흥이 도도한데, 창밖에서 웬 사람의 기침 소리가 나거늘, 최여정이 얼른 일어나서 문을 열고 나가 본즉, 자기 집 행랑에 들었던 허 첨지라.

 최 씨가 손짓을 하여 뒤꼍으로 데리고 들어가더니 마주 서서 수군거린다.

"여보게 이 사람, 벌써 여덟 시나 되었는데 왜 소식이 없나?"

"아직 초저녁이라, 길에 사람이 많이 다니니 어찌할 수가 없습니다."

"부엌 뒤는 실골목이라, 낮에도 사람이 별로 없는데, 밤에 웬 사람이 그리 많단 말인가?"

"밤 들기 전에는 못하겠습니다."

"이 딱한 사람, 오늘이 스무 날이니 미구에 달이 돋을 터인데……."

"달이 밝더라도 밤만 깊으면 길에 사람이 없지요."

"밤이 들면 그 속에서 사람이 잘 터이니 위태하여 못 쓰네."

"그러면 어떻게 합니까?"

"이 못생긴 사람아, 내 말만 들으면 평생에 밥 굶지 아니하구 늙은 마누라 손에 잘 얻어먹고 살 터인데……."

"젊은 계집을 버리고 늙은 계집의 손에 얻어먹으면 덕 본다 할 것 무엇 있습니까?"

"또 못생긴 소리만 하는구. 먹고사는 재물이 좋은가, 빌어먹더라도 젊은 계집만 있으면 좋은가? 만일 재물은 있든지 없든지 젊은 계집을 데리고 사는 것이 좋다 할 지경이면 돈 한 푼 아니 줄 터이니 서숙자만 데리고 어디 가서 살게."

"작년 구월부터 떨어진 계집이 다시 제 집에 와서 살겠습니까?"

"자네 계집 노릇을 하고 아니하는 것을 내가 아나? 시키는 대로 하지 아니하는 사람은 돈 한 푼 주고 싶지도 아니하고 빌어먹다가 논두덕을 베고 죽더라도 불쌍할 것 없어. 꼴 보기 싫으니 내 눈에 보이지 말고 어디로 가게."

"잘못하였습니다. 시키는 대로 할 터이니 먹고살도록 도와주십시오."

"허허허, 사람은 참 진실하여……. 저렇게 변치 아니하는 고로 내가 심복으로 알지. 두말 말고 오늘 밤에 시킨 일만 잘하고 오면, 오늘 밤 내로 약조한 논문서와 별상급으로 돈 이십 원을 줄 터이니 내일 새벽에 떠나서 전라도 무주 무풍으로 들어가 살게. 자네 마누라는 그 논을 가래질 다 시켜 놓고 자네 가기만 기다리고 있을 터일세. 자, 어서 가서 맡은 일만 하게."

허 첨지가 아무 말 없이 주머니를 부스럭부스럭 주무르고 섰거늘,

"아따 이 사람, 왜 아니 가고 우두커니 섰나?"

허 첨지가 혼잣말로,

"당성냥을 주머니에 넣었더니 어디로 갔나?"

하며 입맛을 쩍 다시거늘, 최여정이 기가 막히는지 웃고 조끼를

만적만적하더니, 성냥 한 갑을 꺼내 주고 방으로 들어간다.

 꾀 있는 사람이 위태한 일을 할 때는 앞뒤를 헤아리고 하지마는 미련한 허 첨지가 위태한 일을 하는 것은 소경이 파밭에 들어가듯 하는데, 서일순의 집에서 나서는 길로 쏜살같이 북문 안을 향하고 가면서 보뜰논 두 섬지기와 돈 이십 원에 욕심이 어찌 복받치던지 죽을지 살지 모르고 최여정이 시키는 일만 할 작정으로 김관일의 집 뒤에 있는 좁은 골목으로 들어서며, 뒤에 사람이 있는지 앞에 사람이 오는지 살펴볼 생각도 없이 김관일의 집 부엌 뒤 처마 밑으로 가더니, 당황 한 개를 그어서 초가집 처마 끝을 그슬리고 섰는데, 썩은 새에 불이 얼른 붙지 아니하거늘, 다시 당황 여남은 개를 포개 쥐고 드윽 그어서 처마 끝에 지르고 도망질을 하는데, 겁이 어찌 나던지 최여정과 약조한 논문서와 돈은 잊어 버리고, 주머니 속에 노자 한 푼 아니 든 생각도 아니하고 그날 밤 내로 전라도 무주를 대어 갈 듯 일어난다.

 그때 김관일은 주인이 권하는 술을 고사하고 일어서니, 방에 있던 사람이 일제히 마루에 나와서 작별하는데 마침 동편 하늘에는 스무 날 달이 돋아 올라오느라고 서기가 뻗친 듯이 하늘이 불그스름하고, 북문 안에는 화광이 은은한 중에 검은 연기가 피어오르는데,

 "북문 안에 불났다!"

소리가 나며 한길에 사람이 물밀 듯 북으로 달려간다.

김관일이 단장으로 화광을 가리키며,

"저것이 우리 집이나 아닌가?"

"초저녁잠 많은 장팔 어미가 잠자다가 석유등을 걷어차지나 아니하였나?"

"만일 그러면 장팔 어멈이 타 죽지 아니하였을까? 집은 타더라도 사람이나 상하지 아니하였으면."

"별 염려를 다 하십니다. 화광 보이는 곳은 여기서 지척이올시다. 불난 곳에서 댁에 가려면, 거기서도 한참 가겠습니다."

"옳지, 여정이 바로 보았네."

"밤불은 가깝게 보이는 것이올시다. 궁금하니 우리가 여럿이 같이 가서 보았으면……."

"누님 말이 옳소. 여정이, 우리도 같이 가서 보면 좋겠네."

김관일이 처음에 화광을 볼 때에 말이 우리 집이나 아닌가 하였으나, 화광이 어찌 가깝게 보이던지 실상은 자기 집 근처로 의심한 것은 아니러니, 서숙자의 말을 듣고 의심이 버썩 나서 앞에 서서 걸음을 급히 걷는데, 서일순과 최여정은 김 씨를 따라 급히 가고, 서숙자는 최 부인과 옥련의 뒤를 따라가는데, 가서 본즉 김 씨 집이라.

바싹 마른 봄 일기에 타기 쉬운 초가의 화재라, 좌우로 뻗어

나가는데 북문이 불야성이라. 평양 병참소에서 취군하는 나팔 소리가 일어나며 병정 한 초가 몰려나오더니 물밀 듯 모여드는 구경꾼을 불난 집 근처에 얼씬을 못하게 하고 비상선을 늘어놓더니 삽시간에 불을 끄는데 전체가 다 탄 집이 세 집이요, 반쯤 탄 집이 두 집이라.

집을 다 태웠든지 반쯤 태웠든지 화재를 만난 사람들이 세간 그릇 낱씩이나 구하였으나, 그중에 김관일의 집에서는 어릿어릿하는 장팔 어미 혼자 집을 보고 있다가 위급한 판에 겨우 몸만 뛰어나간 터이라.

김 씨가 그 부인과 옥련을 데리고 비상선 밖에 서서 자기 집을 바라보니 검은 잿더미 위에 더운 증기만 무럭무럭 오르는지라. 세 식구가 모여 서서 아무 생각 없이 탄식하는 소리뿐이라.

서일순이 김 씨 앞으로 바싹 다가서더니,

"걱정하시면 쓸 데 있습니까. 새옹득실(塞翁得失)같이 화가 복이 될지 모를 일이올시다."

"사람을 위로하는 말이 그렇지. 유복한 사람이 이런 일이 있을 리가 있나?"

"그러나 오늘 밤에 댁에 계셨더면, 이런 일이 있더라도 즉시 사람이 정신을 살펴서 불을 잡았을는지도 알지 못하고, 설령 불을 잡지 못하더라도 세간은 꺼내었을 터인데, 공교롭게 오늘 제 집에서 청한 것이 잘못되었으니, 제 마음에는 모두 제 탓인 것 같습니다."

"그것은 무슨 괴상한 소리요."

"참 활발한 말씀이올시다. 우선 제 집에로 가셔서 정돈을 하시는 일이 좋겠습니다."

"고마운 말이오. 그러나 남에게 폐를 끼치기보다 내가 고생하는 일이 옳은 것이니, 오늘 밤에 장팔 어미를 데리고 장팔의 집에 가서 밤이나 지내고 차차 정신을 차려서 어떻게 하든지 조치하겠소."

하더니 다시 그 부인을 돌아보며,

"여보 마누라, 옥련을 데리고 장팔 어미를 좀 찾아보오?"

최여정이 김 씨 앞으로 다가서면서,

"장팔의 집으로 가실 생각이 있거든 차라리 내 집에로 오시는 것이 좋겠습니다. 장팔의 집으로 가신다는 말씀은 편한 것을 취하여 그리하시는 일인 듯하나 장팔의 집은 방 한 칸, 부엌 한 칸, 툇마루 한 칸, 합이 삼 칸 집인데, 가령 장팔의 식구는 어디로 보내고 아직 그 집을 쓰신다 하더라도 당장에 용신할 수가 없습니다."

서일순이 최여정을 돌아보며,

"장팔의 집이 어디인가?"

"어제 우리가 꽃구경하러 나섰을 때에, 자네가 어느 산모퉁이에 앉아서 쉬던 곳 있지?"

"……."

"그 앞에 까치집 지은 돌배나무 하나 섰지?"

"……."

"그 밑에 다 찌그러져 가는 삼간 초가가 장팔의 집이야."

서숙자가 그 말을 듣더니 옥련의 앞으로 바싹 다가서서 손목을 붙들며,

"에그, 그런 집에 어찌 가서 계시겠소? 나와 같이 가서 아까 구경하시던 초당에 있읍시다."

최 씨 부인은 그런 소리를 듣다가 말없이 눈물을 씻는데, 김 씨가 그 부인의 모양을 보더니 선웃음을 허허 웃으며,

"오막살이집 하나 불붙었기도 설마 못 살라구. 그러나 우리 세 식구가 빈 몸만 남은 사람이라, 오늘 밤에 어디로 가든지 남에게 폐를 아니 끼칠 수가 없으니 어디로 가든지 갑시다. 밤새도록 여기 섰을 수가 있소? 어디든지 남의 집은 일반이니 마누라 마음에는 뉘 집으로 가면 좋겠소? 나 한 몸 같으면 어느 친구의 집으로 가든지 내 생각나는 대로 할 터이나 온 집안 식구를 다 끌고 가는 터에 서로 의논이오."

최 씨 부인은 어디로 가고 아니 가는 생각은 아니고, 불탄 것

이 아까운 마음뿐이라.

'몸담아 있을 집도 재가 되고, 몸 가릴 옷가지도 재가 되고, 손때 묻은 세간 그릇도 재가 되고, 우선 오늘 밤에 어디로 가든지 몸에 깔고 덮고 할 금침도 하나 없고, 자고 일어나면 낫살 먹은 나는 어떡하든지, 젊은 옥련이 세수를 하고 얼굴은 입고 있는 치마폭에 씻을는지, 머리는 손가락으로 쓰다듬을는지, 먹고 살 걱정보다 눈앞에 아쉬운 것이 한두 가지가 아니라 남편은 범연한 남자의 마음이라, 세세한 사정을 다 모를 터이요, 옥련은 아이라 아무 물정을 모를 터이나, 걱정되는 사람은 나뿐이라.'

그런 생각을 하느라고 불탄 곳만 바라보고 섰다가 남편이 두세 번 묻는 말에,

"생각하시구려. 나더러 물으시면 내가 무엇을 알겠소?"

"좀 억지 일 같지마는 장팔의 집으로 가는 것이 여편네들에게 편할 터이니 그리로 갑시다."

"장팔의 집은 방이 하나뿐인데, 그 집으로 가자는 말씀은 알 수가 없소."

"오늘 낮전에 어느 친구의 집에 갔더니 그 친구의 말에, 자기 집 행랑이 비었는데 심부름이나 잘 할 사람을 얻어 두었으면 좋겠다 하니 장팔의 식구는 그 집 행랑으로 보내고 우리는 아직 장팔의 집에 들어 있다가 논마지기나 팔아서 집 구처를 하지."

"여러 번 말씀 여쭙기도 버릇없는 일 같습니다마는 여쭈어 볼 말씀 한마디가 있습니다. 아까 뫼시고 술잔이나 먹을 때에 저 같은 철모르는 아이들이 어른 앞에 버릇없는 일이 많이 있어서 괘씸하게 여기신 일이 있는 것 같습니다."

"허허허, 그런 말은 아름다운 일이나 좀 고루한 말이구. 고루하다면 내 말이 실례가 되는 말이나 고루한 것은 고루하다는 것이 친한 본의야. 사회상 교제라 하는 것은 범위가 넓어서 창졸에 다 말할 수 없으나, 대체 학문가는 학문을 많이 좇아 놀며, 유지자는 유지자를 많이 사귀며, 도덕가는 도덕가끼리 더욱 서로 사랑하는 것인데, 그중에 연치는 교계가 없는 것이라. 그러나 장유유서라 하는 것은 또한 아름다운 일이라. 나이 많은 사람을 대접하는 것은 좋지마는 제 나이 많다고 자랑만 하고 나자세만 하고 자기보다 나이 적은 사람을 보면 어른 노릇을 하려고 슬슬 피하여 가는 사람은 친구 없는 야만이야. 허허허, 서 서방 같은 재주에, 지금부터라도 신학문을 배우면 불과 몇 해 안에 우리 앙우가 될 터이라. 나는 나이 삼십이나 되어서 외국에 가서 공부를 하였으니 삼십에 시작한 공부가 그리 지질한가, 나는 서 서방이 내 앙우가 되기를 바라는 사람이니, 만일 내 앙우가 되면 미거한 친구로 알 터이지. 그러나 내가 서 서방보다 나이가 좀 많은 터이니 나는 서 서방더러 하게 하고, 서 서방은 나를 대접하여 주는 것은 습관상에 그러할 일이나 같이 술잔 먹고 담배 먹는 것이 버릇없는 것이 아니야. 그러나 지금 자네가 홀연히 버릇이니 무엇이니 하는 말은 어찌하는 말인지……."

"네, 좋은 말씀을 많이 하여 주시니 감사한 일이올시다. 아까 여쭌 말씀은 다른 말씀이 아니라, 오늘 이런 회록을 당하신 터에 제 집으로 뫼시고 가려 하는데, 제 집으로 아니 가시고 장팔의 집으로 가신다 하시니, 저를 장팔이만치도 못 알아주시는 것 같아서 한 말씀이올시다."

"허허허, 내가 자네께 폐가 되는 것을 생각하여서 아니 가려 한 것이지 무슨 딴 생각이 있을 것이 있나? 그러면 염치는 없지마는 자네 집으로 가서 폐를 시켜 보세. 여보 마누라, 이애 옥련아, 서 서방 집에 가서 미련으로 대고 폐를 끼쳐 보자."

"폐는 제 폐가 되는 것이 아니라, 제가 염치없이 구청할 일이 많습니다. 제가 본집은 서울인데, 평양에서 무슨 실업 경영하는 일이 있어서 우선 집 하나를 지어 놓고, 그 집에 누구를 들이든지 시량이나 대어 주고 집 수호나 시키고, 제가 평양에 와서 있을 때에 식주인 노릇이나 잘하여 줄 사람을 구하는 중이올시다마는, 그런 버릇없는 구청을 할 수는 없으나 저는 경향으로 왔다갔다하는 사람이니, 몇 해 동안이든지 그 집에 계셔 주시면 제게는 그런 다행한 일이 없습니다."

"제가 구청이야 무엇이든지 내 힘대로 하다뿐이겠나. 자, 이왕 갈 바에야 어서 가세."

그 소리 한마디에 서일순이 기뻐하는 것은 고사하고 서숙자가 옥련의 손목을 붙들고 방글방글 웃으며,

"나는 오늘 밤부터 좋은 동무가 생겼네. 동무라 하지 말고 동생이라 하였으면 좋겠지마는, 김 서방 댁 작은아씨같이 학문 있는 여학생한테 나같이 무식한 사람의 동생 노릇을 하라면 치사하게 여길걸. 하하하, 여보게 이문이, 자네께 허락받을 일 한 가지가 있네."

"무슨 말인지 그리 바쁠 것 무엇 있소? 손님 뫼시고 어서 집에 가서 말합시다."

"가기도 바쁘려니와 내 말은 더 바쁜걸."

"웅, 무슨 말이 그리 바쁘단 말이오?"

"김 서방 댁 작은아씨는 공부하기를 좋아하는 터이니 조용한 초당에 있게 하고, 나는 그 앞에서 심부름이나 하면서 그 여가에 공부나 좀 얻어 하겠네."

"허허허. 누구든지 공부한다는 말에는 내가 찬성하는 마음이니, 초당을 드리다뿐이겠소. 그러나 누님같이 무식한 어른이야 이제 공부가 무슨 공부요, 남 공부하는 옆에 있으면 방해만 되지."

"에그, 저 몹쓸 것 보게. 누이 망신을 시키네. 내가 그렇게 무식한가? 자네도 큰소리 말게. 영어를 공부하고 싶어서 애를 쓰더니 좋은 선생님을 만났으니 공부 잘하고 남의 무식 타박은 천천히 하게. 제가 영어를 배울 마음이 있어서 내가 배우려는 것을 방망이 드는 말이지. 왜 둘은 못 가르치나? 여보 김 서방댁 작은아씨, 이문이 영어를 가르쳐 달라거든 가르쳐 주지 마오. 그것 밉쌀스러."

"나는 초당 선생님 아니라도 사랑에 선생님을 뫼시고 있는 터이니 아실 것 없소."

하더니 다시 김관일을 돌아다보며,

"지금 할 말씀은 아니올시다마는, 차차 틈 있는 대로 영어 좀 가르쳐 주셨으면 좋겠습니다. 저 놀부의 마음 같은 누이 하나가 있는데 따님께 영어를 가르쳐 주지 말라고 당부를 하니 누이가 공부를 더 잘할지 제가 잘할지 내기 좀 하겠습니다."

"허허허, 그런 내기를 하면 매씨께 질걸. 내가 옥련보다 미국에 먼저 가서 훨씬 나아……. 나는 발음이 잘 되지 못하여……. 대체 연구력은 여자가 남자만 못하나, 기억력은 여자가 남자만 못지아니한데, 어학은 혀가 부드러운 것이 제일이라. 여자가 남자보다 말을 잘 배워. 옥련은 어려서 배운 말이라 서양 사람의 발음과 별로 다를 것 없어. 문법을 배우려면 내게 배우는 것이

나을걸, 허허허."

"이문이 초당 선생님께는 아니 배울 듯이 큰소리를 하더니 필경 배우러 올 모양이로구. 여보 김 서방댁 작은아씨, 이문이 책을 들고 초당에 오거든 문 닫아걸고 들이지 맙시다. 하하하."

웃으면서 옥련의 손을 잡고 가기를 재촉하는데, 김관일이 서숙자의 동정을 본즉, 대체 교육 없는 부인이라 단정한 태도는 없으나 인정 있고 싹싹하고 재미있는 여편네라. 옥련이 참 좋은 동무를 만났다 싶은 마음이 있었더라.

화재를 보고 심란하여 못 견딜 듯하던 최 씨 부인은, 서일순의 친절한 모양과 서숙자의 다정한 것을 보고 마음에 위로가 되어 서 씨 집으로 따라가면서 친척의 집에 나가는 것같이 허물없는 마음이 생긴다.

그날 밤에 서 씨 집에 가서 거처를 정돈하는데, 안방에는 최 씨 부인이 장팔 어미를 데리고 있게 하고 건넌방에는 서숙자의 세간 그릇을 넣고 잠그고, 초당에는 옥련과 서숙자가 같이 있게 하고, 사랑은 조그마한 방이 둘이라. 하나는 김관일이 거처하고, 하나는 서일순이 거처하고, 행랑에는 심부름이나 할 사람을 얻어 들였는데, 최여정의 심복 사람이라. 그런 경륜 배포는 다 최여정과 서숙자의 기이한 꾀에서 나온 것이라.

김관일은 화재를 본 후에 여간 셈평이 펴인다 할 것이 아니라 큰 수가 난 터이라.

말이 서 씨 집을 빌어 들었지, 실상은 까치집에 비둘기 들어 있듯 김 씨가 자기 집같이 들어 있고, 서일순은 식객같이 붙어 있는 터이라, 김 씨는 옛날 평양 서윤이 내행을 데리고 도임이나 한 것 같고, 서 씨는 이방이 원의 관황 돈이나 맡아 가지고 진배하듯 정성을 다하여 거행하는 터이라.

그렇게 날이 가고 달이 갈수록 김 씨 부부의 마음에는 서 씨를 자비심 있는 부처님같이 알고 항상 서 씨 은혜 갚을 도리만 생각한다.

대체 돈이 무엇인지 서일순이 돈으로 김 씨 부부의 마음을 사고 정신을 빼앗았으나, 돈으로 살 수 없는 것은 옥련의 마음이요, 돈으로 빼앗을 수 없는 것은 옥련의 정신이라.

만일 옥련의 입으로 구완서의 혼인을 파약하겠다는 말 한마디만 있을 지경이면, 그 어머니는 옥련의 등을 똑똑 두드리며, 에그 내 딸이야 하고 옥련을 기특히 여길 만치 되었고, 김관일은 말로 칭찬할 리는 없지마는, 에그 모르겠다, 제 마음이 그러한 것을 내가 어찌한단 말이냐, 하고 드러누울 만치 된 터이라.

그러나 옥련은 철석같은 마음이 죽어도 썩지 아니할 마음이라. 육도삼략(六韜三略) 같은 계교 속에 빠져서 철통같은 서 씨 집과 돈 가운데 들어앉아서 서일순과 형제같이 친하여 허물없이 지낼 뿐 아니라, 그 초당에 있은 지 일 년 동안에 서일순이 영어를 배운다 하고 밤이나 낮이나 들어오면, 두 시간, 세 시간씩 앉았다가 나가는데, 옥련은 날이 갈수록 친절하면서 공경하는 태도가 점점 더한지라. 그런 고로 서 씨가 옥련의 앞에 가면 엄한 스승 앞에 앉은 듯이 조심하는 터이라.

서일순이 옥련의 뜻이 개결한 것을 볼수록 옥련을 사모하는 마음이 더욱 간절하고, 옥련의 절개가 높은 것을 알수록 옥련과 부부 되려는 희망이 더욱 깊은지라.

몸은 어디 있든지 마음은 초당에 가서 있는데 다시 생각한즉, 적적한 방에 혼자 있는 것은 서일순이라. 때로 갑갑증이 나서 뜰 아래 내려가서 거닐다 보면 초당이 지척이라. 그윽한 꽃이 피어, 초당 앞에 은은히 비치는 것을 보면 그 꽃이 영화 빛을 띤 것 같고, 한가한 나비가 초당 앞에서 펄펄 날아다니는 것을 보면 나비는 영화의 꿈을 꾼 것같이 알고 부러워하는 서일순이라.

여순을 봉색하고 이백 고산을 치러 들어가는 장수같이 용맹을 내어서 옥련의 강한 마음을 받아 볼까 생각하는 서일순이라. 그러한 용맹으로 초당에 들어가서 결사대같이 옥련과 싸워 볼 작정인데, 그 싸움의 문제는 혼인 언약을 맺자 하는 참 어려운 문제요, 큰 싸움이라. 그 문제를 가지고 그 싸움을 하려고 그 용맹을 내어서 초당으로 가다가 초당 앞에 딱 다다르니, 나던 용맹이 움츠러져서 주저주저하고 발이 뒤로 돌아서다가 앞으로 돌아서다가, 마침 옥련이 미닫이를 열고 나서는 것과 딱 마주치더니 꽃가지에 마음 없이 앉았는 나비를 잡으러 간다.

서숙자가 미닫이를 열고 나오다가 서일순의 모양을 보고,

"이문아, 거기서 무엇하나?"

"누님 주려고 나비 잡소."

그 소리에 나비는 날아가고, 이문의 눈은 나비 그림자를 바라보고 섰는데, 서숙자가 하하 웃으면서,

"참 어린아이로구."

"내가 어린아이란 말이오?"

"나비 잡으러 다니는 것이 어린아이가 아니란 말인가?"

"나비를 잡아서 내가 가지려는 것이 아니라, 어린 누님을 달래려고……."

"어린 누님이란 말은 참 요절할 말이로구. 그러나 그런 철없는 아이들은 장가도 들일 수가 없어."

"왜 못 들어?"

"처가에 가서 나비나 잡으러 다니면 남부끄럽지 아니한가?"

"허허허, 나비도 나와 같은 부생이라, 붙들고 물어볼 일이 있더니 나를 의심하여 달아나는구려."

"자네 말은 들으면 맛있고, 지취 있고 이치 깊숙하여 나같이

무식한 사람은 알아듣기 어렵네. 그러나 이리 올라오게. 오늘 우리가 결정할 말이 있네."

고군약졸(孤軍弱卒)이 강적을 보고 감히 싸움할 마음이 없다가 구원병의 나팔 소리를 들으면 다시 용맹이 일어나듯 서일순이 서숙자의 말 한마디에 새로 용맹이 나서 초당으로 올라가니, 서숙자와 옥련이 서일순을 인도하여 방으로 들어가더니 세 사람이 솥발같이 늘어앉았는데, 숙자는 서일순을 건너다보고, 일순은 숙자를 건너다보며 서로 말을 먼저 내기를 어려워하는 모양이라.

옥련이 머리를 들어 두 사람의 얼굴을 잠깐 쳐다보고 다시 고개를 수그리는데, 무엇에 놀란 사람같이 가슴이 두근두근하며 심회가 좋지 못하여 말없이 무엇을 생각한다.

'내가 좋지 아니한 일이 있을 때마다 가슴이 두근두근하며 심회가 사납더니 오늘 무슨 일이 있으려나?'

그런 마음이 생기면서 홀연히 미국 샌프란시스코에서 구완서와 공원 구경하던 생각이 나는 중에, 서숙자가 작은아씨 부르는 소리에 깜짝 놀라며 가슴이 다시 두근두근한다.

"에그, 형님도 망령이오. 의형제를 맺자 하기도 형님이 먼저 말한 것이요, 내가 형님 소리를 아니한다고 노엽단 말도 형님이 하신 터이라. 지금 형님이 나더러 작은아씨라 하시니 동생은 떼어 버렸소?"

하며 상긋 웃는다.

"참 잘못하였네. 동생에게 책망 들어 싸지. 여보 아우님."

"아우면 아우 대접을 할 일이지, 여보는 무엇이오."

"또 잘못하였네. 오늘은 사죄할 일만 생기네. 여보게 아우님, 아우님이 나를 누구로 아는지 나는 아우님을 내 동생 이문의 아내 될 사람으로 여기고 있는 터이니, 아우님은 나를 시누이로 알기를 바라네. 내가 오늘 아우님께 처음 말이 아니오. 아우님의 어머니께는 날마다 말씀하는 일이지마는, 아우님을 좀 책망할 말이 있어. 여보게 아우님, 아우님이 구완서의 은혜를 많이 받았다 하나, 은혜도 경중이 있는 것이라. 아우님의 어머니는 서일순의 손에 목숨이 살아나신 일이 있고, 아우님은 구완서의 은혜를 입은 일이 있으니 부모의 목숨을 구하여 드린 서일순의 은혜가 중한가, 아우님을 공부시켜 준 구완서의 은혜가 중한가 생각하여 볼 일이라. 또 구완서에게 사주를 받은 일도 없고, 다만 말 한마디의 약조로 십 년간 대년한다 하니 삼십 처녀가 어디 있단 말인가? 여보게 아우, 오늘 우리 세 사람이 속에 있는 말을 다하세. 나는 서일순과 친남매가 아니요, 의로 맺은 남매라. 그러나 세상 사람의 친남매 간 정의가 우리 남매의 정의만 못한 사람도 많이 있는 터이라. 나는 서일순의 덕과 행실이 세상에 드문 사람으로 여기는 고로 깊이 심복된 누이라. 내 말을 들어 보게, 어지신 아우님아. 지금 세상에서 일순이 같은 사람을 혹 보았나? 천한 사람들이 재물 욕심에 눈이 뒤집혀 날뛰지마는, 서일순은 재물 아까운 줄 모르고 불쌍한 사람을 구제하니, 그런 갸륵한 사람이 어디 있단 말인가? 가난 구제는 나라에서도 할 수 없는 일이라는 말도 있거니와, 참 말이 났으니 말이지, 가난한 사람은 이루 도와줄 수가 없는 것이지마는, 서일순은 남을 먹여 살리느라고 제 재물을 다 다 없애는 사람이니, 내 생각에는 요순보다 착한 사람은 서일순으로 아네. 사람이 입은 비뚤어졌어도 말은 바로 할 것이라는 말도 있으니 말일세. 우리가 다 서일순의 덕으로 사는 사람이 아닌가? 가령 서일순이 아우님의 어머니를 살려 준 은혜는 없다 치세. 아우님 댁에 불나던 날 생각을 못하나? 에그 참, 그날 일을 생각하면 그런 망창한 일이 어디 있겠나. 오막살이 초가는 까만 잿더미가 되었는데, 갈 곳이 없어서 탄식하는 아우님 댁 세 식구가 길가에서 밤을 보내면서, 아우님의 어머니는 돌아서서 눈물 씻던 모양을 생각하면."

하면서 서숙자가 새로이 눈물을 씻으니 옥련이 마주 눈물을 씻는다.

"지나간 일을 말할 까닭이 없지마는, 서일순의 마음 착한 말을 하느라고 그런 말이 나오네. 여간 보조를 하든지, 여간 구제를 한 것 같으면 예사로 알 터이나, 우리들이 다 집도 없던 사람인데 서일순이 어떻게 대접하던가? 그래 우리가 서일순의 은혜를 몰라야 옳단 말인가? 내가 오늘 처음 하는 말도 아니지마는, 서일순이 통혼하는 것을 아우님의 입으로 못하겠다는 말이 나올 터인가? 서일순이 품행이 부정하든지 마음이 불량하든지 마음에 맞지 아니한 곳이 있거든 말을 하게. 나이 스물세 살이 되도록 장가도 아니 들고 어진 아내를 구하는데, 화류장에 놀러가는 일도 없이 책상 앞에서 세월을 보내니 그런 갸륵한 사람이 어디 있나? 자, 나는 중매쟁이라. 내 말보다 당자의 말이 제일이니, 오늘 이 자리에서 둘이 결말을 지어 말하게. 여보게 이문이, 자네가 직접 말을 하게."
하더니 서일순과 옥련을 조르는데, 옥련은 말없이 고개를 수그리고 앉았다.

서숙자가 문을 열고 나가더니 구원병을 청하듯이 옥련의 모친을 데리고 들어오는데, 옥련이 가만히 생각하니 그날은 무슨 끝이 나는 날이라 가슴은 타는 듯하고, 오장은 녹는 듯한데 무슨 말로 대답을 하면 좋을지 생각이 아득하며 나오느니 눈물뿐이라.

최 씨 부인이 옥련의 앞에 바싹 들어앉으며 손을 붙들고,

"옥련아, 어머니 보니 반갑지?"

하면서 옥련의 얼굴을 물끄러미 본다. 옥련이 눈물을 씻고 고개를 들더니,

"날마다 때마다 보는 어머니를 보고 새로이 반가울 일이야 무엇 있소?"

"저승길로 가던 어머니가 이 세상에 다시 와서 있으니 반갑지 아니하단 말이냐?"

하더니 다시 서일순을 돌아다보며,

"여보 서 서방, 내가 서 서방의 은혜를 갚지 못하고 죽으면 어찌한단 말이오?"

"은혜는 무슨 은혜란 말씀이오니까?"

"한두 가지가 아니거든 어찌 다 말할 수 있소? 그러한 은혜를 갚고 죽어야 내가 눈을 감고 죽지. 눈은 감든지 못 감든지 그 은혜를 못 갚으면 내가 죽어서 사람으로 환생은 못할 터이야."

"허허허, 남의 은혜를 못 갚으면, 죽어서 사람 환생을 못하는 법이오니까?"

"서 서방의 태산 같은 은혜를 내가 손톱만치도 못 갚았으니 어디 사람 노릇을 하였소? 일평생에 사람의 마음을 가지고 사람 노릇을 하여야 죽어서 사람으로 환생하지. 일평생에 짐승 같은 마음으로 남의 은혜도 모르고 의리도 모르고 사람 노릇을 못

하면, 죽어 환생을 하더라도 짐승이나 되지 사람이야 될 수 있소. 사람의 정신으로 살다가 죽으면 사람이 될 것이요, 짐승 같은 마음으로 살다 죽으면 짐승이 될 터이라. 내가 남의 손에 목숨이 살아나서, 남의 손에 얻어먹고 살면서 갚지를 못하니 개 같고 돼지 같은 신세라. 이 몸이 이 세상을 버린 후에는 내 영혼이 개나 돼지의 탈을 쓰고 세상에 생겨나서 전생에 염치없고 의리를 모르던 죄를 받을 터이라. 내가 어젯밤에 베개에 누워서 그런 생각을 하다가, 겁이 나서 가위에 눌렸소."

하더니 다시 옥련을 돌아다보며,

"이애 옥련아, 내가 갚지 못하는 서 서방의 은혜를 너더러 갚아 달라 할 수도 없는 일이지마는 갚을 수만 있거든 갚아 다오. 만일 서 서방이 나더러 죽어라 하면 죽을 터이요, 종노릇을 하라 하면 종노릇을 할 터이나, 죽으란 말도 없고, 종노릇 하라는 말도 없으니 은혜 갚을 데가 없구나. 너더러는 혹 버선이나 좀 기워 달라는 말이 있더냐? 나와 너의 아버지는 나이 많은 사람이라고 서 서방이 도리어 우리 심부름까지 하여 주니 불안하여 못 살겠다. 죽어서 돼지로 환생을 하더라도 진작 죽기나 하면 서 서방의 돈이나 덜 없어지지."

하면서 눈물을 씻는다.

서일순은 말참례를 아니할 듯이 시치미 뚝 떼고 앉았고 서숙자는 포수가 총에 재약하듯 입에 말이 가득 들어서 터져 나올 듯이 콧망울이 발릉발릉하며 입이 반쯤 벌어졌는데, 그중에 옥련은 얼굴빛이 변하며 고개를 수그린다.

마침 옥련이 말을 냅뜨는데, 숙자도 말 시작을 하다가 두 사람의 말소리가 일시에 마주치니 옥련이 말을 그친다.

"내 말은 저물도록 하여도 먼저 하던 말과 다를 것이 없으니 아우님이 말을 하게."

"먼저 하던 말이라니, 아까 무슨 말한 것 있소? 재미있는 말이거든 나도 좀 들어봅시다."

"아주머니 앞에서 그런 말을 하다가 꾸지람이나 듣게요."

"꾸지람하는 사람은 없더라도 상없는 말은 아니하는 것이 옳지."

"여긴 상없는 말할 사람은 없습니다마는, 아주머니 앞에서 발설하기가 썩 어려운 말이올시다."

"상없는 말만 아니면 내 앞에서 말하기 어려운 것 무엇 있소?"

"걱정을 듣더라도 말씀을 하오리까?"

"무슨 재미있는 말을 저렇게 뜸을 들이누?"

"아주머니, 내 청 하나 들어주시렵니까?"

"아저씨, 아저씨 하며 길짐을 지운다더니, 아주머니, 아주머니 하며 무슨 청을 하려누?"

"누가 따님과 통혼을 하여 달라는 사람이 있는데, 아주머니 허락을 받으려는 말씀이올시다."

"과년한 딸 둔 사람에게 혼인 언론하는 것이 청이란 말이오?"

"지조 있고 덕 있고 학문 있는 따님을 두고 그와 같은 사윗감을 구하시는 터에, 지금 통혼하는 신랑감은 지조도 없고 덕도 없고 학문도 없는 용렬한 아이라. 그런 변변치 못한 신랑감으로 통혼을 하다가 아주머니가 듣고 펄쩍 뛰시면 그런 황송한 일이 있습니까?"

"말은 바로하지. 옥련의 부친이 옥련의 혼인을 정하였다 하시나, 그 신랑감은 미국 워싱턴에서 유학하는 서생인데, 십 년간 대년한다 하니 그런 오활한 일이 어디 있겠소. 지금 옥련이 열아홉 살인데 대년할 기약이 여덟 해가 남았으니 제 명이 짧으면 시집도 못 가고 처녀로 죽을 터이요, 내 명이 짧으면 사위도 못 보고 죽을 터이니, 나는 그 혼처를 기다리고 있을 수는 없소. 여편네 마음대로 되는 것은 아니나, 내가 요사이에 날마다 옥련 아버지더러 그 혼처를 파약하자고 조르는 터이라. 옥련 아버지의 말은, 내 입으로 발설한 것을 내 말로 파약할 수는 없다 하니 그런 딱한 말이 있소? 사랑에서 결말을 짓지 아니하면 누가 한단 말이요? 지금 세상에는 자유 결혼인지 무엇인지 우리 자라날 때는 들어 보지도 못하던 말이 있습니다마는, 내 사윗감은 내 눈에 들고 내 마음에 드는 사람이 아니면 옥련을 시집보내고 싶은 생각이 없소. 여보, 조카님은 우리 집 일을 대강 아는 터이니 말이지, 우리 모녀간 정경이 어떠하던 터이오. 가령 옥련이 마음에는 미국 있을 때에 정한 혼처가 제 마음에 든다 칩시다. 그러나 어미 마음이 들지 아니할 지경이면 어찌 그 어미 마음을 거스르고 제 마음대로만 하겠다고 고집부릴 수가 있소? 지금 우리 사정이 그러한 터인데, 먼저 정한 혼처를 파약하더라도 여기서 합당한 혼처가 나선 이후 사이라. 내가 조카님을 믿는 터이니 중매를 잘 들어 주오."

"신랑 재목이 너무 미거하여 차마 말할 수가 없는걸."

"영웅호걸도 구하지 아니하고 학사, 박사도 구하지 아니하고, 한 눈이 멀었더라도 마음이 착하여 하느님께 죄를 짓지 말고 사람에게 적덕을 많이 하여 후생에 복을 받을 사람을 구하여 사위 삼기가 소원이니 내 소원대로 그런 사람을 얻어 주오."

"마음은 착하지마는 아직 철이 아니 났어요."

"누구란 말이오?"

"여기 앉은 서일순이올시다."

부인이 그 말을 듣더니 회색이 만면하여 숙자의 손목을 턱 붙들며,

"여보 참말이오? 내가 무슨 복력에 그러한 사위를 본단 말이오? 내가 상전같이 쳐다보고 구세주같이 우러러보던 서 서방이 내 사위가 된단 말이오? 그래 조카님 마음에서 나온 말이오? 서 서방 마음이 그러하오?"

"……."

"이애 옥련아, 이제는 내가 죽어도 마음을 놓고 죽고, 눈을 감고 죽고, 은혜를 갚지 못하여 애쓰던 한을 풀고 죽겠다. 네가 일평생에 한결같은 마음으로 서 서방의 뜻을 받아서 너도 또한 서 서방과 같은 어진 사람이 되기를 바란다. 옥련아 옥련아, 고개 좀 들고 무슨 말 좀 하여라."

옥련이 그 말을 듣고 가만히 생각하니, 그 어머니가 창졸에 하는 말이 아니라 서숙자와 무수히 의논한 말이요, 그 아버지까지 속허락이 된 것 같은지라.

어머니 마음은 그러할 듯한 일이나, 야속한 것은 아버지 마음이라. 만일 내 입으로 결정하는 말이 없으면, 필경 혼인을 결정하고 사주까지 받을 모양이라. 아무리 말하기 난처하더라도 입을 다물고 있을 수는 없는 일이라.

"어머니, 어머니께서 나 같은 불효의 딸 하나를 두셨다가 저렇게 애쓰시니, 나는 부모에게 애물이요, 하느님께 죄짓는 사람이올시다. 그러나 나는 속 답답한 벙어리같이 가슴에 쌓인 말을 할 수도 없고 아니할 수도 없으니 이를 어찌하나?"

"속 답답한 일이 무엇이란 말이냐? 하고 싶은 말이 있거든 속이 시원하도록 말을 다 하여라."

"어머니께서 알아들으시기 어려운 말도 있을 터인데."

"네가 공부한 자랑을 하느라고 문자를 써서 말을 할 터이냐? 그러나 조선 여편네는 문자를 써서 말하면 주제넘다고 흉보느니라."

"흉은 보든지 말든지 나 하는 일이 윤리에 어그러지지 아니한 것을 말하려면, 문자 마디나 나올는지도 모르겠소."

"오냐, 어떻게 말하든지 어서 말 좀 하여라. 여기 있는 사람들이 네 입만 쳐다보고 앉았다. 네 말 한마디만 떨어지면 오늘이라도 혼수 흥정하러 어디로 사람을 보낼 터이요, 또 구완서에게 편지도 부칠 터이라."

옥련이 그 말을 듣고 눈을 힐끗 흘겨서 그 모친을 보며,

"집도 없이 남의 집에 있는 사람이 혼수 흥정할 돈은 누가 등대하고 있소? 온 집안이 통을 들고 내 허락이 나기만을 기다리고 있었소? 구완서에게는 무슨 편지를 부친단 말씀이오? 파혼한다는 편지오니까? 옥련의 손으로 씁니까? 차라리 옥련이 그 편지를 쓰고 사람 노릇을 못하는 일이 옳지. 아버지께서는 그 편지를 못 쓰셔요. 만일 구완서가 그 편지를 볼진대, 말없이 편

지를 쭉쭉 찢어서 휴지통에 탁 떨어뜨리고 평생에 사람을 대하여 그런 말을 못하는 사람이 있더라도 구완서는 싱긋 웃고 대답도 아니할 사람이라. 그렇게 너그럽고 크고 점잖은 사람에게 그 편지를 누가 한단 말이오? 여보 어머니, 나도 사람이지. 시집을 갈 터이면 제 서방이 어디 가고 없는 동안에 도망질하는 년같이 가만히 갈지언정 인형을 쓰고 있는 사람으로 그 편지는 못 쓰겠소. 어머니 생각에는 딸을 서일순 씨에게로 시집을 보내면 은혜를 갚는 줄로 아시오? 은혜는 은혜요, 혼인은 혼인이라. 가령 혼인을 하더라도 태산 같은 은혜는 남이 있는 것이니, 혼인 언론을 하려거든 숫접게 혼인 말만 할 일이지, 은혜 갚는단 말은 왜 하시오? 만일 내가 서일순 씨에게로 시집가서 봉제사도 잘 못하고, 접빈객도 잘 못하고, 가도도 잘 못 세우고, 서일순 씨의 속만 푹푹 썩일 지경이면, 어머니께서 서일순 씨에게 은혜를 갚았다고 큰소리하실 것이 무엇이오? 남자는 장가들고, 여자는 시집가는 것이 각기 자기 행복을 위하는 일이지, 누가 아내를 위하여 장가드는 사람이 있으며, 남편을 위하여 시집가는 사람이 있으리까? 남편 된 사람이 아내를 사랑하는 것도 자기 가정이 즐거운 마음에서 나온 것이요, 아내 된 사람이 남편을 사랑하는 것도 가정이 즐거운 마음에서 나는 것이니, 그것은 사람이 각기 행복을 구하는 분자의 단합이 완전할 뿐이라. 이런 말을 어머니께서 알아들으실는지 모르겠습니다마는, 실상 알아듣기 어려운 말도 아니올시다. 어머니가 서일순 씨로 사위를 삼으시면 은혜는 갚지 못하고 사위 덕은 많이 보시리다. 그 은혜 갚을 생각은 없고, 그 덕을 볼 생각이 있거든 나더러 서일순 씨에게로 시집가라고 말씀하시오."

"어미의 마음을 몰라도 분수가 있지, 내가 덕을 보려고 그러느냐?"

"어머니 마음을 모르는 것이 아니라, 자세히 아는 고로 말이오."

"아는 년이 입에서 말이 그렇게 나온단 말이냐?"

"오늘은 내가 하고 싶은 말을 다할 터이니, 내 말을 다 들어보고 말씀하시오."

"오냐, 무슨 말이든지 감추어 두지 말고 마음에 있는 대로 말하여라."

"지금 내 신명이 어찌될지 모르는 터에 하고 싶은 말은 아니할 리가 있소? 어머니가 서일순 씨의 은혜를 갚으려고 딸을 시집보내시려는 것같이 말씀을 하시며, 자식 된 마음에 부모의 은인을 저버릴 수가 없는 터이라. 그러나 은인은 여럿이요, 내 몸은 하나라. 여자의 한 몸이 여러 군데로 시집갈 수는 없으니 불가불 경중을 가릴 수밖에 없소."

부인이 그 말을 듣더니 무슨 경사나 난 듯 빙긋 웃으면서.

"옳지, 그렇지. 학문이 무엇인지 몰랐더니 학문이 있으면 저런 지각이 나는 것이로구나. 은혜의 경중을 가리다 뿐이겠느냐. 구완서도 은인이지마는, 구완서의 은혜는 그 물가 비싼 미국에서 너를 십 년이나 공부를 시켰으니 돈이 오죽 많이 들었겠느냐? 우리가 화재를 본 후에 이 집에 와 있은 지가 일 년이나 되었는데, 서 서방이 우리 집안 식구를 먹여 살렸으니 그 돈도 적지 아니하나, 돈을 쓴 것으로 말하면 구완서 씨가 더 썼을 터이라. 그러나 돈으로 바꾸지 못할 것은 사람의 목숨이라. 재작년 구월 초이튿날 내가 죽을 사람이 서 서방의 손에 살아났으니 네 어미를 살린 은인이라. 그 은혜보다 더 중요한 은혜가 어디 있느냐."

"그러면 어머니 목숨을 구하여 드린 은인에게로 시집을 가야 옳겠습니까?"

"그렇다 뿐이겠느냐?"

옥련이 이를 악물고 앉았다가, 서숙자를 힐끔 쳐다보더니, 다시 서일순을 집어삼킬 듯이 흘겨보고 고개를 수그리는데, 부인과 서숙자와 서일순이 옥련의 얼굴에 곁눈질만 한다.

부인이 옥련의 대답만 기다리다 갑갑증이 나서 불쾌한 말로,

"자식이 효도를 하면 받고, 아니하면 못 받지, 엎드려 절 받기

로 억지로 시킬 수는 없는 일이야. 나도 부모에게 효성이 없던 사람이라, 제가 못하던 일을 자식더러 하라고……."

"엎드려 받는 절도 절은 절이니, 어머니 목숨을 구해 드린 사람에게로 시집가리다. 그러나 시집은 마음으로만 갈 수는 없는 것이니, 남편 될 사람이 옥련에게 장가들겠다는 허락이 있어야 하겠소."

그 말 한마디가 뚝 떨어지매 서일순의 입이 떡 벌어지며,

"내 허락은 다시 말할 것 없소. 아까 내 앞에서 혼인 말이 먼저 난 터인데 허락 여부가 있소? 당장 사주라도 쓰지요."
하면서 벼룻집을 찾느라고 앞뒤로 휘휘 돌아보다가, 너무 급히 서두르는 모양이 창피할 듯한 생각이 나서 정신없이 궐련 물부리를 손에 들고 찾는다.

옥련이 천연한 기색으로 서일순을 쳐다보며,

"참 가엾은 일이올시다. 무슨 말로 사죄를 하면 좋을지 모르겠습니다."

"천만의 말이오. 내게 가엾단 말할 일이 무엇이며 사죄할 일이 무엇 있소."

"서일순 씨의 은혜를 갚지 못하고 서일순 씨의 아름다운 뜻을 좇지 못하니, 옥련은 의리 없는 사람이라. 용서하여 주시기만 바라옵니다. 그러나 옥련이 서일순 씨의 은혜를 잊을 리는 만

무하오. 몸으로 못 갚더라도 마음으로 갚을 터이라. 생전에 갚을 기회가 없으면 죽어서 결초보은이라도 할 터이니 그리 아시고 용서하여 주시오. 나는 미구에 부모 슬하를 떠나서 시집가는 사람이라. 이 초당에서 밤낮없이 같이 있던 서숙자 씨도 섭섭하고, 조석으로 만나서 학리도 토론하고, 사회 현상도 이야기하던 서일순 씨도 이별이라, 섭섭한 마음이 한량없습니다."

부인이 그 말을 듣다가 깜짝 놀라서 서일순이 말하려는 것을 멈추게 하고,

"이애, 너 하는 말을 내가 알아들을 수가 없다. 아까 하던 말과 지금 하는 말이 다른 것은 웬일이냐? 사람이 한 입으로 두 말을 한단 말이냐? 지금 하던 말은 무슨 말인지……. 미친년이 아니거든, 그것이 다 무슨 소리냐?"

"장옥련이 미쳤는데, 김옥련은 아니 미친 줄 아시오. 부모가 야속하면 미칠 수밖에 수가 있소?"

"응석을 하더라도 그렇게 말하는 법은 없느니라. 네 부모의 자정이 어떠한지 몰라서 저런 소리를 하느냐? 네 혼인말을 하더라도 부모의 마음대로 이리 하여라, 저리 하여라 명령한 것도 아니요, 내가 네게 의논성 있게 한 말인데 남의 은혜의 경중을 가리느니 마느니 하기도 네 입에서 나온 말이요, 어미 목숨을 구하여 주던 은인에게로 시집을 가겠다 한 것도 네 입에서 나온

말이요, 남편 될 사람의 허락을 듣고 가겠다 한 것도 네가 한 말이 아니냐? 네 말이 그러한 고로 서 서방이 정중한 허락을 할 뿐 아니라, 당장에 사주라도 쓰겠다 하였는데 홀지에 네 마음이 변하였는지 횡설수설하는 말이 나오니, 학문 있는 여자는 그러하며, 명예 있는 사람은 그러하며, 개화한 출신은 그렇게 무신한가? 이애, 나는 계집아이로 있을 때에 부모가 내 혼인 말을 냅뜨면 부끄러운 마음에 그 앞에 있지도 못하고 피하여 나갔다. 만일 그 혼처가 어떠니 하는 한소리를 할 지경이면 큰 변이 나는 줄로 알고 무슨 야단이 났을는지 모를 것이다. 네 부모가 네게 어떻게 야속히 굴어서 네가 미칠 지경이야?"

"내가 아까 한 말은 변할 리가 만무하나, 아직 남편 될 사람의 허락을 못 얻었으니 그 허락날 때까지만 참아 주시오. 그 허락만 나면 오늘 내로 가오리다."

"아까 서 서방 하던 말은 못 들었느냐?"

"아니오, 장팔의 허락을 맡아야 하겠소."

부인이 깜짝 놀라며,

"응, 고장팔의 허락이라니?"

"어머니께서 고장팔의 은혜를 잊으셨습니까? 밤은 깊어 사람의 자취는 끊어진 대동강 물에 풍덩 빠져 둥둥 떠내려가는 어머니를 건져서 회생시키던 고장팔의 은혜가 더 중합니까, 허연 대낮에 구경꾼이 물 끓듯 하는 도회지에서 나 죽겠다 외치고 나가는 어머니를 쫓아가서 붙들던 서일순 씨의 은혜가 더 중합니까? 고장팔이는 가난한 상놈이요, 서일순 씨는 재물 많은 양반이라, 가난한 상놈의 은혜는 커도 잊어 버리고, 부자 양반의 은혜는 적어도 아니 갚을 수 없단 말씀이오니까? 고장팔이는 불쌍한 인생이라. 작년 가을에 계집이 죽고 삼간초가를 팔아먹고 냉면집에 가서 중놈이 절을 하고 있다 하니, 남의 신세를 갚더라도 불쌍한 사람에게 먼저 갚을 것이라. 내가 은혜 갚을 마음으로 고장팔의 계집이 될 지경이면, 구완서가 그 말을 듣는 그 날로 내게 고맙다는 편지를 할 사람이라. 내가 장팔의 계집이 되러 가는 날은, 내 손으로 구완서에게 혼인 파약하는 편지를 써도 부끄러운 마음이 없겠소. 만일 다른 사람에게로 시집을 가라 하실진대 미국 대통령의 부인이 되더라도 나는 못 가겠소. 나는 미가녀라, 구완서를 위하여 절개를 지킬 의리는 없고, 다만 믿을 신(信) 자를 지키는 터이라. 만일 구완서가 먼저 파약을 할 지경이면 내 속이 쓰리더라도 어디든지 시집을 가려니와 내가 먼저 파약은 못 하겠소. 고장팔은 거지가 된 위인이라. 내 몸을 희생 삼아서 거지를 도와주면 덕의상에 가한 일이니, 구완서에게 믿을 신 자를 지키지 못한 죄를 짓더라도 덕의상에 가한 일을 하겠소. 어머니 어찌하리까? 고장팔의 집으로 가라 하시면 지금이라도 가겠소. 어머니, 어머니, 왜 아무 말씀도 아니 하십니까? 장팔이도 고맙거니와 장팔 어미는 더 고맙습니다. 십 년 동안에 어머니를 뫼시고 고생을 그렇게 한 생각을 하면, 어머니 목숨을 구하여 드린 장팔이보다 더 고맙소. 장팔 어미가 없었다면 목숨이 살아난 어머니가 차라리 돌아간 신세만 못한 고생을 하고 계실 터이라. 에그, 그 외꼬부라지듯한 늙은이가……. 어머니, 내 말이 진정 말이오. 내가 장팔이 계집이 되어서 똥오줌을 받아내게 돼 장팔 어미를 내 손으로 공양할 지경이면, 참부모의 은혜를 갚은 듯한 생각이 있겠소. 말이 난 김에 얼른 결단합시다. 어머니 마음에 좋으실 것 같으며, 내가 이 자리에서 구완서에게 혼인을 파약하자는 편지를 쓰겠소. 일은 크고 작은 것을 교계하는 것이라, 덕의상에 큰일은 조그마한 신용 관계를 돌아볼 수가 없는 것이오."

그 말을 마치고 한참 동안이 되도록 세 사람이 입을 봉한 듯이 방 안이 적적한데, 서일순의 눈은 얼음에 자빠진 쇠눈깔같이 창밖의 모란봉을 바라보고 앉았는데, 그 큰 눈에 보이지 아니하고 조그마한 옥련이 오똑 앉아서 주사를 문 듯한 입술을 방긋방긋 하는 대로 아프고 쓰린 소리만 나오던 그 모양만 눈에 선할 뿐이라.

인천항 저녁 빛에 흑운 같은 검은 연기를 토하며 살같이 들어오는 화륜선 화통 열어 놓는 소리에 인천 상업계의 졸음을 깨뜨리는 어물전에 꼴뚜기 장사가 먼저 날뛰듯이, 밥장사나 하고 방세나 받아먹는 여인숙 번두들이 잔판(棧板)의 배를 타고 정박한 화륜선에 들어가서 손님 마중을 하는데, 돈푼이나 잘 쓸 듯한 일등실 손님 앞으로 몰려가서 여인숙에 갈 손님을 찾는다.

키 크고 코 높은 서양 사람들은 모양도 꿋꿋 밋밋하거니와 행동거지도 또한 활발하여, 여인숙으로 가는 사람은 여인숙 반도의 안내를 따라서, 경인선 기차를 타려는 사람은 화륜선 보이에게 짐만 내어 맡기고 잔판으로 내려간다.

그렇게 깨끗 밋밋하고 활발한 사람들이 다니는 틈에 웬 양복 입은 남자와 조선 복색을 한 부인이 어릿어릿하고 서서 내려가고 싶으나 무엇이 못미더운 일이 있어서 못 내려가는지 어찌하면 좋을지 몰라서 서로 쳐다보며 얼뜬 소리만 한다.

"우리 짐은 보이가 들고 가더니 어디 두었나?"

"글쎄."

"저기 놓인 것이 우리 짐이로구나. 남의 짐에 섞어 놓았으니 짐이 바뀌지나 아니할까?"

"짐에 내 명찰을 끼었으니 염려 없지요."

"글쎄, 나도 명함은 끼었지마는, 누가 그 명함을 빼 버리고 제 명함을 끼우면 어찌하오?"

"화륜선에서 그런 일은 없다 하지."

"우리 짐은 우리가 들고 내려가면 좋을 듯하오."

"짐이 조그마하면 둘이 들고 내려가지마는, 저 짐을 우리가 어찌 들고 내려가겠소? 염려 없소. 내가 화륜선은 처음 타지마는, 화륜선을 타 본 사람에게 이야기는 많이 들어서 아오."

"서방님은 이야기나 들으셨으나 나는 말도 못 들었소."

그런 싱거운 소리를 하고 서 있는 사람은 화륜선도 처음 타고 서울도 처음 가는 시골 사람인데, 그 옆에 서 있는 사람은 인천 상등 여관 반도들이라.

각각 일등실 손님을 안내하여 내려가는데, 어느 반도 하나는 조선말을 조금 알아듣는 고로 그 말을 재미있게 듣다가 앞으로 썩 들어서며,

"당신 야도야에 갔소?"

"야도야가 무엇이오?"

"바부 사 먹고 자무 잣소?"

"바부 사 먹고 자무 잣소가 무엇인가?"

"밥 사먹고 잠잔다는 말인가 보오."

"좋소, 좋소. 당신 많이 알아 있소."

"주막으로 가자는 말이오?"

"조선 주막과는 다르지."

"좋소, 좋소. 당신 많이 알아 있소."

마침 그러할 즈음에 화륜선 보이가 배에 있던 손님들을 내려가라 재촉하는데, 그 남자와 부인이 여인숙 반도를 따라서 내려간다.

그때는 러일 전쟁 계엄중이라. 철령 큰 싸움은 승부를 판단치 못하고 함경북도에는 러시아 정탐이 출몰하고 파라적 함대는 동양을 향하여 나오는 때라.

여인숙에서 생활상 상업으로 비록 손님을 많이 맞아들이나, 수상한 사람을 보면 극히 조심하는 터이라.

여관에서 사흘을 묵으며, 낮이면 인천항으로 돌아다니며 구경을 하는 조선 사람들이 썩 수상하다고 여관 주인에게 의심을 받는 사람은 양복 입은 남자와 조선 복색을 한 부인이라.

처음에는 동부인하여 다니는 줄 알았더니 그렇지도 아니한 모양이라.

여관의 방을 둘 쓰는데, 낮에는 한 방에 모여 있고 밤에 잘 때가 되면 각 방에서 자는 터이라.

여관 주인과 하인들이 그 손님들이 수상하다 하는 것은 두 가지 일이라. 한 가지는 둘이 모여 앉으며 비밀한 수작뿐인데, 여관 하인이 조선말을 모르니 조심할 까닭이 없지마는, 사람만 보면 하던 말을 그친다.

한 가지 일은, 돈 쓰는 모양이 노름판에서 얻은 돈을 개평 쓰듯 아까운 줄을 모르고 쓰는 것이라.

어디로 보든지 종적이 수상한데, 의심 많은 여관 주인의 생각에는 러시아 정탐으로 다니는 사람인 줄로 알고, 조심하는 도리에 감추어 두지 못할 일이라고 행인의 숙박계 책을 들고 헌병대에 가서 보고한즉, 조선말을 잘하는 헌병 하나가 여관에 가서 조사를 한다.

그 양복 입은 남자와 조선 복색을 한 부인은 약기가 참새 굴레를 씌울 듯하고 꾀는 비상한 사람이라.

화륜선에서 내릴 때는 첫 출입에 어리둥절하였으나, 며칠 동안이라도 차차 이력이 나서, 헌병에게 조사를 받는데 만일 사실대로 말을 아니하고 어물어물하다가는 큰일을 당할 줄 알고 조금도 감추지 아니하고 살살이 실토하는데, 그 남자는 최여정이요, 부인은 서숙자라.

그의 친구 서일순의 중매 들 일로 나선 길인데 깊은 비밀한 일은 감추고 말을 아니하나 옥련의 일을 낱낱이 말하며, 옥련이 먼저 정하였던 혼처를 반간하러 다니는 말까지 다 하는지라.

헌병이 그 말을 듣다가 어찌나 재미있고 우습던지 몇 번을 거푸거푸 웃다가 허허 웃으며 나가는데, 그날 오후에 서숙자는 경인선 기차를 타고 경성으로 향하여 가고, 최여정은 인천에서 묵다가 며칠 후에 미국으로 가는데 돌아올 기약은 석 달 후라.

서숙자는 남대문 정거장에서 기차에서 내리는 길로 인력거를 타고 삼청동 서부령의 집을 찾아가는데, 댁호가 서부령의 집이지 실상 구 과부 집이라.

서부령은 삼 년 전에 황천객이 되었는데, 죽을 때에 그 집에 남아 있는 것은 남에게 진 빚과 쪽박에 밥을 담아 놓은 것 같은 아이들 오 남매와 사십여 세 된 과부 구 씨라.

아이들은 열다섯 먹은 맏딸, 열세 살 먹은 둘째딸, 열 살 먹은 아들, 일곱 살 먹은 넷째딸, 다섯 살 먹은 막내아들이라.

세상에 자식도 없는 과부를 불쌍하다 하지마는 구 과부는 자식 많은 것이 더 불쌍한 신세라. 철모르는 아이들이, 어머니 배고파 하는 소리를 들을 때는 부인의 마음에, 저 불쌍한 것들이 왜 생겨났누 싶은 생각뿐이라.

이전에 남부럽지 않게 살 때는 찾아오는 사람도 많더니, 먹을 것 없고 남편이 죽은 후에는 일가친척이 문 앞으로 지나면서 들여다보는 사람이 없고, 다만 그 친정 오라버니 되는 구즉산이 와서 보나, 구즉산은 올 때마다 빈손으로 아니 오고 다만 지전 몇 장이라도 가지고 오는 고로 또한 자주 오지는 못하는지라. 대체 돈을 얻어 보기도 어렵거니와 사람 얻어 보기도 쉽지 못한데, 서숙자가 그 집 사정을 자세히 알고 간 터이라.

서부령과 일가도 아니지마는 억지로 촌수를 끌어대고, 얼굴도 못 본 터이나 정분 있게 지내던 체하고, 항렬은 어떻게 댄 항렬인지 부인더러 아주머니, 아주머니 하며 반갑게 인사하고, 아이들더러 내가 네 형이니 누이니 하며 귀애하는데, 부인은 참 반겨하고 아이들은 따르는지라.

　세상 사람이 남에게 속으면 해를 본다 하지마는, 구 과부는 속을수록 이를 보고, 아이들도 속을수록 이한 터이라.

　서숙자가 봉투 한 장을 손에 들고,

　"아주머니, 요사이 어찌 지내시오? 변변치 못한 것이나 정으로 드리는 것이니."

하면서 부인 앞에 놓으니, 부인이 봉투를 받아 본즉 지전 백 원이 그 속에 들었는지라.

　"에그, 웬 돈을 이렇게 많이 주신단 말이오? 받기도 염치가 없소. 내가 우리 영감 돌아가신 후에 백 원 돈을 구경하기가 처음이오. 내 친정 오라버니가 이 동네 사는데 형세가 어렵지 않지마는 일가친척 간에 뜯기는 곳이 허다하고, 또 그 아들이 미국에 가서 공부하는데 학비를 대어 주느라고 애를 쓰는 터에 내 집까지 보부족하여 줄 여가가 있을 수가 있소? 그러나 내 오라버니가 우애가 있는 사람이라. 며칠 동안에 한 번씩 나와서 보는데, 누이를 보고 싶어 오는 것도 아니요, 생질을 보고 싶어 오는 것도 아니라. 저 어린것들이 굶어 죽지나 아니하였나 염려되는 마음으로, 다만 쌀 한 말 값이라도 갖다 주러 오는 것이라. 오라버니가 쌀 한 말 값을 얻어 주는 것을 받을 때도 고맙기는 하거니와 내가 염치없는 사람이다 싶은 생각이 있었는데, 처음 오시는 손님이 돈을 이렇게 많이 주시니 받기는 받소마는 무슨 말로 치사를 하며, 이 은혜를 어떻게 갚는단 말이오?"

"에그, 천만의 말씀을 다 하십니다. 고마운 것은 무엇이며, 염치없는 것은 무엇이오. 서가의 집을 서가가 모르는 체하면 누가 안단 말이오? 내가 도와드리는 것은 당연한 일이거니와, 아주머니 친정 오라버니께서 도와드리는 것은 의외의 일이올시다. 에그, 아주머니 친정 오라버니 되시는 양반은 참 무던도 하시지. 출가외인이라, 남의 집을 어찌 그렇게 도와주어? 심덕이 그렇게 착하시면 필경 복을 받으시지요. 연세는 얼마나 되시고, 아드님을 몇이나 두셨습니까?"

"나이는 오십이요, 아들은 하나뿐인데, 딸도 없는 외아들을 세상에 다시없는 것같이 귀애하더니 자식이 공부할 욕심으로 제 부모에게 의논도 없이 미국으로 도망한 지가 칠팔 년이나 되었는데, 우리 오라버니 내외는 하루가 삼추같이 기다리나, 그 자식이 공부에 미쳐서 지금도 팔 년이나 지난 후에 집에 돌아온다 하니, 우리 오라버니 내외는 그 아들이 보고 싶어서 미칠 지경이나, 그 자식이 제 부모의 말을 들어야지."

"나이가 아직 어립니까?"

"어린 것이 무엇이오? 이십사오 세나 되었는데요?"

"그러면 그 부모 되시는 이는 며느님만 기다리고 계십니까?"

"그런 말을 하려면 책 한 권을 지어도 남을 터인데."

"남의 집 일을 알려는 것은 아니올시다. 다른 말씀하시오?"

"아니오. 남에게 말 못할 일도 아니오. 또 남에게 말 못할 일이 있기로 조카님에게야 말 못할 것 무엇 있소."

"내가 서울 오기는 집 하나를 사러 왔는데, 제일 살기 좋은 곳이 어디요?"

"서울에 와서 사실 마음이 있소?"

"우리 집은 평양인데, 평양도 살 만한 곳이나 겨울이 되면 추위도 대단하고, 또 범사가 겨울같이 살기 좋을 수가 있습니까? 평생 소원이 서울 와서 살아 보고 싶으나 결단성이 없어서 못 왔더니, 올해 내로는 기어이 이사를 하고 싶은 마음이 있어서 온 터이나, 아는 일가는 다만 서부령 아저씨 한 분뿐이러니, 아저씨께서도 아니 계신 터에 누구를 의지하고 이사를 하면 좋을지 몰라서 아주머니께 의논하러 온 터이오. 염치없는 말이지마는 아주머니께서 잘 보아 주시면 아무 걱정 없겠소.

"그것 참 반가운 말이오. 그러나 아무것도 모르는 여편네가 보아 드릴 일이 무엇 있겠소. 내 친정 오라버니 되는 구즉산더러 부탁하면 집을 사든지 세간을 장만하든지 남에게 속지 아니할 만하니 부탁하여 드리리다."

"그렇게 하여 주시면 작히 좋겠습니까? 그러면 오늘이라도 내가 구즉산 나리를 가서 뵙고 말씀을 하겠습니다."

"그리 급할 것 무엇 있소? 만일 급하실 것 같으면 우리 돌놈을 보내서 구즉산을 청하여 오리다. 이애 돌놈아, 구즉산 댁에 가서 아저씨 좀 옵시사고 여쭈어라. 아까 평양 누님이 네 신 겨냥 내었지. 심부름을 잘하여야 신을 얻어 신는다."
하는 소리를 듣고 흥이 나 뛰어나가는 것은 열 살 먹은 아이라.

돌놈이 신을 얻어 신을 욕심으로 달음박질을 어떻게 잘하였던지 삽시간에 구즉산 집 사랑에 가서 구즉산을 찾는데, 마침 구즉산이 안방에 들어가서 점심을 먹는지라.

돌놈이 쏜살같이 안마당으로 들어가서 신도 아니 벗고 마루 위로 올라가더니, 천둥에 개 뛰어들 듯 안방으로 와락 뛰어 들어가며,

"아저씨! 어머니가 나더러 구즉산 댁에 급히 가서 아저씨 여쭈어 오래요."
하더니 뒤도 아니 돌아보고 달아나는지라. 구즉산이 점심상을 앞에 놓고 수저는 아직 들지도 아니하고, 막 술 한 잔을 따르다

가 그 부인을 돌아다보며,

"돌놈의 집에 무슨 일이 있는 게로구. 내가 잠깐 가서 보고 올 터이니, 이 밥상 저리 치워 놓아 두오."

하면서 잔에 따른 술만 훌쩍 마시고 사랑으로 나가더니, 입었던 두루마기도 아니 갈아입고 탕건 쓴 위에 갓만 들어 얹고 급히 서부랑 집에 가서 본즉, 아무 일도 없고 다만 돌놈이 마당에 서서 그 모친더러 심부름하였으니 어서 신을 사 달라고 조르는 소리뿐이라. 구즉산이 마루 끝에 선 돌놈의 모친을 쳐다보며,

"내가 저놈에게 속았구나. 오냐, 아무 일도 없으면 다행이다. 그러나 내가 점심상을 받고 앉았다가 무슨 급한 일이 있어서 부르는 줄로 알고 밥도 아니 먹고 나왔으니, 도로 가서 점심이나 먹고 다시 오겠다."

하며 돌아서니,

"가시지 말고 이리 올라오시오. 점심을 아직 아니 잡수셨거든 술을 사 드리리다."

"술? 네가 무슨 돈이 있어서 술을 사 와?"

"돈은 있든지 없든지 술을 사 올 터이니, 방으로 들어가십시다."

"어, 이것 술 사 오려는 것이로구. 연기원이 순력을 치르듯이, 네 형세에 주객의 양을 태우려다가 뽕이 빠진단 말씀이오."

"사람을 그렇게 업신여긴단 말이오? 아무리 가난하기로 오라버니께 술 한 번 사 드리고 뽕이 빠진단 말씀이오."

"큰소리는 한다마는, 저녁 밥거리 쌀을 판 돈으로 술을 사 오면 밥을 굶지. 오냐, 술 사 준다는 말이 고마우니 오늘은 술을 잔뜩 먹고, 너 밥 굶는 것 좀 보고 가겠다."

하며 안방에 들어가다가 서숙자를 보고 발을 멈춘다.

"내외하는 손님이 있으면, 오라버니께 들어갑시다 할 리가 있소? 사돈은 사돈이나, 내외를 아니하는 사돈이니 들어가서 인사나 하시오. 돌놈의 일가인데, 돌놈에게는 누님뻘 되는 손님이오."

구즉산이 그 소리를 듣고 머뭇머뭇하다가 방에 들어서는데, 키가 과히 큰 키는 아니나 몸에 살이 어찌 쪘던지 지게문이 부듯한 듯하고, 얼굴은 풍후하고 수염은 센 털이 약간 섞인 채수염이라.

아랫목에 깐 요 위에 털썩 앉더니 수염을 씩씩 쓰다듬으며 눈에 웃음빛을 띠고 덕기 있는 말만 하는데, 누가 보든지 밉지 않게 볼 사람이라.

"오늘 돌놈에게 속았더니 돌놈 어미에게 또 속나 보다."

"내게 속는 것이 무엇이오?"

"술을 사 준다더니 술 사러 보내는 눈치를 못 보겠으니 아마 또 속지."

"속으시기로 탕패될 것 무엇 있소? 손님과 인사나 하시오. 저 손님은 평양 사시는, 돌놈 아버지가 평양에 출주하여 있을 때에 친한 일가라. 지금 서울로 이사할 생각이 있어서 나를 찾아왔으나, 내가 들어앉은 여편네가 되어서 무엇을 알 수가 있소? 오라버니께서 나 대신 저 댁의 일을 좀 보아주셨으면 좋겠소."

"평양에 사시면 부내에 계십니까, 촌에 사십니까?"

"제 성명은 서숙자요, 집은 평양성 내에 있습니다."

"내 누이더러 보아 달라시는 일은 무슨 일이오?"

"서울은 아는 사람이 하나도 없는 고로 일가 댁에 찾아오는 길인데, 무슨 일을 지목하여 보아줍시사 한 것은 없으나, 매사를 부모같이 믿고 의거할 마음으로 온 터이올시다."

"처음 뵈옵는 터에 물을 말은 아니오마는, 서울로 이사를 하시면 지내시는 범절은……."

"넉넉지는 못하나 추숫섬이나 하여다가 먹고 살 만합니다."

"그러면 서울 집만 하나 사면 되겠소그려?"

"네. 집 살 돈까지 제일 은행에 맡겼습니다."

"식구는 몇이나 되고, 집은 몇 칸이나 되는 집을 살 터이오?"

"식구는 혼자 사는 사람인데, 지금은 친정 동생에게 의지하며 있다가, 마음에 맞지 못한 일이 있는 고로 집을 사서 따로 살려고 나온 터올시다. 나는 어디 가서 살든지, 부리는 하인 하나만 두고 단 두 식구가 적적히 세월을 보낼 터인 고로, 일가 댁 근처에 와서 있으면 좋은 듯한 생각이 있어서 서부령 댁 아주머니를 찾아왔습니다. 내 마음에는 넉넉한 집 하나를 사서, 이 댁 아주머니는 안채에 드시고, 나는 사랑채에 들어 있으면 피차에 고적하기도 덜할 듯하나, 아주머니 생각이 어떠할는지 몰라서 차마 말을 못하였습니다. 만일 그렇게 지낼 터이면, 내가 돈은 없는 사람이나 먹고 남는 추숫섬은 있으니, 아주머니 댁 양식은 걱정이 아니 되도록 보조하여 드리겠습니다. 내가 이 세상에 살아 있을 때에 먹고 입고 지내면 그만이지, 내가 그것을 푼푼이 모아 두었다가 죽을 때에 저승으로 가지고 가겠습니까? 구즉산 영감께는 오늘 처음 뵈옵는 터이나 내 친외삼촌같이 알고 뵈오니, 영감께서도 남같이 아시지 말고, 저 아주머니 딸로 알고 매사를 잘 보아주시기를 바랍니다."

구즉산은 본래 의기가 있는 사람이라, 서숙자의 말을 듣고 무슨 생각을 하는지 한참 동안을 가만히 앉았다가, 허리를 썩 펴고 고개를 들어서 서숙자의 얼굴을 쳐다보며,

"말씀을 들으니 대강 정경을 알겠소. 내 힘대로 보아드리다가 간살 넉넉한 집을 사서 내 누이와 안팎채에 나누어 들면 좋겠다 하시는 말은 내 마음에도 좋을 듯하오. 내 누이 마음에도 좋아

할 것 같으면 집값은 반씩 내는 일이 옳으니, 무슨 돈으로 먼저 사든지 이 집을 팔아서 반을 내어놓았다가 돈이 부족할 터이면 내가 채우리다. 또 내 누이 집 양식까지 대어 주신다는 말씀은 고마운 일이나, 그러나 내가 거절할 일이오. 내가 살아 있는데, 남의 손에 얻어먹고 살아서 쓰겠소? 내 자식놈이 칠팔 년 전부터 외국에 가서 유학하는데, 그놈이 가기는 혼자 갔으나, 학비는 두 사람의 학비를 대어 보내느라고 힘이 대단히 쓰이더니 재작년 가을부터는 하나의 학비는 아니 보내는 터이라. 그것이 얼마 되는 것은 아니지마는 내게 당하여서는 짐이 가뿐하거든. 허허허, 어떠하든지 설마 과부 된 누이와 아비 없는 생질을 모르는 체하고 홀로 사시는 서숙자 씨에게 얻어먹고 살게 하겠소? 일가 간에 의좋고 고적지 아니하게 지내기만 바라오. 그러나 평양에 사신다 하니 물어볼 일이 있소. 평양성 내에 옥련이라 하는 여학생이 있단 말을 혹 들었소?"

서숙자가 쌩긋 웃으며 무슨 말을 하려 하던 차에 마침 지게문이 펄쩍 열리며 돌놈의 맏누이 갑순이 술상을 들고 들어오는 것을 보고,

"에그, 말씀 대답을 하려 하였더니, 저렇게 다 자란 처녀 귀에 옥련의 이야기를 하였다가 일갓집 색시 하나 버리게."
하며 말을 아니한다.

구즉산이 그 말을 듣고 마음이 선뜩하며 가슴이 두근두근하는데 궁금증이 나서 말을 채차 묻고 싶으나, 너무 급히 물으면 서숙자가 이상히 여길까 염려도 되고, 또 갑순의 귀에 들리기 부지러운 말이면 갑순이 나간 후에 말을 묻는 것이 좋을 듯한 생각이 들어서 시치미를 뚝 떼고,

"점심을 먹고 왔던들 낭패할 뻔하였구나. 술을 사러 보내는 눈치도 못 보았는데 웬 안주를 저렇게 떡 벌어지게 잘 차렸단 말이냐? 옳지, 이제 알겠다. 행랑것이 들락날락하고, 갑순이 왔다 갔다 하더니 무엇이 미리 사 놓고 돌놈이를 보낸 것이로구나. 내일은 밥상 받기 전에 돌놈이를 보내어라. 어, 이것 무슨 수 난 일이 있는 것이로구. 내 술상만 들어오는 줄 알았더니 집안 식구의 국수 상……. 어느 틈에 잘 차렸구나!"
하면서 옥련의 말은 묻지 아니할 듯이 딴소리만 하며 자기 손으로 술을 따라 먹다가 갑순을 쳐다보며,

"국수는 불면 맛이 없느니라. 너희들이 상을 외면하고 앉았으니 손님이 잡수시겠느냐?"

그렇게 재촉하는 것은 점심이 얼른 끝이 나면 갑순도 나가고 아이들이 다 나갈 터이라, 조용히 앉아서 서숙자의 속을 뽑아 보려는 경영이라.

아이들은 모처럼 숙육점도 있고 전유화·전웃점 놓인 국수

상을 대하더니 흥부의 자식이 밥을 먹듯이 잠시 동안에 그릇마다 비워 놓는데, 갑순이 할 설거지까지 다해 놓은 듯이 어느 아이는 초지령 종자까지 들이마시더니 기러기 떼같이 몰려 나가고 갑순이 혼자 방에 앉았거늘, 구즉산이 주전자에 남은 술을 잔에 따르고 빈 주전자를 집어 갑순에게 주며,

"갑순아, 술 한 주전자만 더 데워 오고 너도 밖에 나가 있거라. 아이들이 어른 이야기하는 옆에 우두커니 앉았지 아니하느니라."

갑순이 술 한 주전자를 얼른 데워 놓고 문밖으로 나간다.

구즉산이 서숙자에게 옥련의 말을 곧 묻고 싶으나 아무쪼록 얼기 없이 말을 냅뜰 마음으로 술 한 잔을 따르더니,

"이애 돌놈 엄마, 너 술 한 잔 먹고 손님께도 한 잔 따라 드려라. 벌써부터 한 잔 권하고 싶으나 아이들 보는 데서 아니 권하려고 참았다. 술은 혼자 먹으면 참맛이 없는 것이라. 이왕 술을 사서 주는 바에 맛이 있게 먹도록 하여 주어야지. 자, 어서 받아 먹어라."

"에그, 오라버니도 망령이오. 내가 밀밭에도 못 지나가는 사람이 술을 어찌 먹겠소? 돌놈 아버지 살았을 때에 우리더러 욕하던 말을 못 생각하시오?"

"……."

"무엇은 무엇이야? 오라버니와 나와 한 아비 자식이 아니라 하였지."

"허허허, 상없는 소리를 하는구나. 네가 술을 조금 먹었다면 네 남편에게 그런 욕을 아니 먹었지. 네가 못 먹는다고 손님께도 아니 권하느냐?"

"에그, 내가 참 잊었소그려. 술 못 먹는 사람은 남에게 권할 줄도 모른다 하더니……. 그러나 오라버니께서 이 술이 웬 술인지나 알고 잡수시오? 손님이 돈을 내어서 술도 사 오고 점심상도 차린 것이오. 그뿐 아니라 내가 돈을 백 원이나 받고 아이들의 옷감도 받은 것이 많으니 그런 고마운 일이 어디 있소? 항렬은 내게 조카가 되나 나는 내 동생같이 여기니, 오라버니께서도 동생같이 아시오. 여보 조카님, 조카님도 우리 오라버니의 친동생같이 알고 지내시기를 바라오."

"말씀을 하시니 말씀이올시다. 나를 갑순의 친형으로 아시고 생질녀같이 알아주시면, 나는 친외삼촌으로 알고 의지하여 살겠습니다."

"나는 술을 먹으면서 웬 술인지 모르고 먹었더니 손님이 술을 사 오셨다 하니, 내가 손님 대접을 할 터인데 손님이 술을 사 오신단 말이 되는 말이냐? 술도 술이거니와, 네가 돈을 백 원이나 받았다 하니 손님이 무슨 까닭으로 돈을 주시며, 너는 무슨 턱으로 돈을 받았느냐?"

"변변치 못한 돈냥간의 말씀은 하실 것이 아니올시다. 나는 아주머니를 일가 어른으로 알지 아니하고 우리 어머니같이 아는 터이니, 어머니의 친정은 내 외가가 아니오니까. 그러나 나를 그렇게 알아주실는지 말씀마다 손님이라 하시니 마음에 섭섭하고 야속합니다."

"허허허, 좋은 말씀이로구. 사해지내(四海之內)가 다 동포라 하니, 형제라 하면 좋을 터인데, 외삼촌 노릇을 하라 하니 세상 사람이 외가를 대단히 알아야지, 허허허."

"갑순의 형으로 알아주실 것 같으면 말씀을 그렇게 하실 리가 있습니까?"

"허허허, 다정한 말이로구. 나도 평생에 의리를 중하게 여기는 사람이라. 한 번 마음을 허락하면 평생에 변하지 아니하지. 그러니 시집간 생질녀를 부르려면 그 남편의 성으로 부르는데……."

"남편이 있으면 남편의 성으로 부르시는 것이 좋을 터이나, 혼자 사는 터이니 서숙자라고 불러 줍시오."

"이애 돌놈 엄마, 내가 서숙자의 외삼촌이 될 터이면 네가 먼저 서숙자의 어머니 행세를 하여야지."

"오라버니는 너무 염치도 없소. 갑순이라도 시집을 가면 이름을 아니 부르실 터인데, 나이 삼십이 가까운 생질녀더러 서숙자라 부르실 수야 있소?"

"나는 서가를 보면 만만하더라. 서숙자라 불러야 생질 같지. 김숙자라 하든지 박숙자라 하든지 달리 부르면 촌수가 멀어지는 것 같구나. 허허허, 실없는 말로 한 것이 아니라 이름을 부르고 해라를 하든지 말을 수수하게 하고 지내든지 마음이 제일이라, 친형제간 불목한 사람도 있고 도원결의(桃園結義)한 의형제도 한날한시에 죽으려는 마음이 있었으니, 우리가 숙질의를 믿거든 도원결의하던 사람의 마음만은 못하더라도 친숙질같이만 알았으면 좋겠다. 자, 그 말은 더 할 것 없다. 평양 이야기나 좀 들어 보자. 아까 말하다가 그쳤지마는, 평양의 옥련이라 하는 여학생은 칭찬하는 사람도 많이 있고 헐어 말하는 사람도 있으니 뉘 말이 옳은지 아는 대로 이야기 좀 하여라."

서숙자가 상긋상긋 웃으며,

"옥련의 이야기를 하려면 내 집안의 흉이 드러나는걸."

"이상한 말이로구. 옥련의 이야기를 하려면 내 집안 흉이 드러나다니."

"그러한 일이 있습니다. 긴한 말은 아니니 천천히 들으시지요. 내가 서울에 와서 살면, 아저씨를 뫼시고 시골 이야기는 많이 하겠습니다. 그러나 옥련의 이야기는 어른 앞에서 말씀하기 좀 어려운 일이 있어요. 아저씨께서 그런 계집아이 말씀은 들어 무엇하십니까?"

구즉산이 그 말을 듣고 생각한즉, 옥련은 정녕 온전치 못한 계집아이라 갑갑증이 나서,

"내가 옥련의 말을 물어볼 일이 있어서 물었는데, 그렇게 말하기 어려워할 것이 무엇이란 말이냐. 참외삼촌으로 알 터이면, 그보다 더한 말을 묻더라도 얼른 대답할 터인데."

"그렇게 미안히 여기실 줄 알았으면 벌써 말씀하였지요. 내가 옥련의 말하기를 어려워하는 것이 아니라, 내 동생 서일순이 옥련에게 빠져서 패가할 지경에 간 이야기를 하려면 책 한 권을 지어도 말이 남을 터이올시다. 내가 서울로 이사하려는 것도 서일순의 몸 망하는 것을 내 눈으로 보기가 싫어서 평양을 떠나려는 것이올시다. 옥련의 이야기를 좀 들어 보시렵니까? 인물이 일색이요, 재조가 표일한 중에 동양으로 다니며 본 것도 많고, 들은 것도 많고, 실지 공부로 보통 교육도 받고 고등 교육까지 받은 계집아이라. 이름이 어찌나 널리 났던지 평양 바닥의 오입하는 소년들은 아홉 용이 여의주 다투듯이 옥련이 하나를 엿보는데, 그 요약한 옥련이 가장 높은 절개나 있는 듯이 방탕한 사람은 사람으로 여기지 아니하고 항상 하는 말이, 자기는 미국 있을 때에 혼인을 정한 곳이 있는데, 십 년간이나 서로 언약을

지키고 있을 터라, 하는 고로 누가 옥련을 칭찬 아니하는 사람이 없던 터이라. 서일순을 삿갓 씌울 줄은 누가 꿈이나 꾸었겠소. 옥련의 부친 되는 김관일도 고얀 놈이요, 김관일의 마누라도 요악한 여편네이지. 딸을 팔아먹기로 그렇게 팔아먹는 사람이 어디 있으며, 남의 집 젊은 아이의 돈을 받아먹기로 그렇게 몹시 받아먹는 사람이 어디 있겠습니까. 이야기는 차차 하려니와, 옥련의 사진 좀 보시렵니까?"

하더니 행장 속에서 사진 한 장을 내어놓으니, 구즉산의 눈과 구 과부의 눈동자가 사진으로 몰렸는데 그 사진은 서일순의 집 초당 앞에서 세 사람이 같이 박인 사진이라.

교의들을 놓고 여편네들이 나란히 걸터앉았는데 왼편에는 서숙자요, 오른편에는 옥련이요, 옥련의 뒤에 선 것은 서일순인데, 초당 앞 꽃나무 밑에서 박은 사진이라.

그 사진을 박을 때에 옥련은 천진한 마음으로 서숙자가 권하는 마음을 어기지 못하여 박은 것이나, 구즉산의 눈에는 옥련의 행실이 부정한 증거물같이 보는 터이라.

"오, 그렇단 말이었다. 이애 돌놈아, 너 우리 집에 가서 너의 아주머니더러 미국서 온 사진을 달라 하여서 가지고 얼른 오너라. 그러나 저놈이 오늘 심부름을 하고 심부름 값으로 신을 얻어 신을 터라지? 나는 아이들 심부름 값은 아니 주고 심부름을 잘 못하는 놈의 종아리는 잘 때린다."

돌놈은 그날 흥이 난 끝이라 쏜살같이 다녀오더니, 사진을 들고 방으로 뛰어 들어오며,

"평양 누님, 요 어여쁜 사진 하나 구경하려오. 이 사진이 즉산 댁 새아주머니 될 사람의 사진이오."

"이리 다고, 구경 좀 하자."

"즉산 댁 영감님과 둘이 박은 사진도 있고, 새아주머니 될 사람 혼자 박은 사진도 있소. 호콩을 많이 사 와야 이 사진을 구경하오."

"호콩이 어떤 콩이냐? 내 사 줄 터이니 어서 사진 내어놓아라."

돌놈은 과부의 자식으로 응석만 받고 자라는 아이라.

서숙자 앞에 웬 사진 한 장이 놓인 것을 보고 펄쩍 주저앉더니 손가락으로 서숙자의 사진을 가리키며,

"요것은 평양 누님, 요것은 즉산 댁 새아주머니 될 사람이요. 새아주머니 등 뒤에 꼭 붙어 선 놈이 웬 놈이야. 머리 깎은 중 녀석이 즉산 댁 새아주머니 등 뒤에 섰네, 하하하."

웃으면서 구즉산 집에서 가져온 사진을 던지고 문밖으로 뛰어나간다.

그 사진은 구즉산의 아들 구완서가 미국에서 보낸 사진인데

구완서의 사진도 십여 장이요, 옥련의 사진도 칠팔 장이라. 서숙자가 장성한 옥련의 모양은 보았으나, 어린 옥련의 모양은 못 본 터이라.

옥련이 열한 살부터 열일곱 살까지 미국에 있을 때에 연년이 박은 사진인데, 옥련은 그 사진을 보존하여 둔 것이 하나도 없으나, 구완서는 그 사진을 낱낱이 보존하여 두었다가, 옥련이 고향에 돌아간뒤에 구완서가 그 사진을 자기 본집으로 보낸 것이라.

구즉산의 이름은 구연식인데, 즉산은 그 직함이라. 차함하던 옛 시절에 원차함을 얻어 하고 큰 공명으로 아는 완고라.

구완서는 구연식의 아들인데, 아비는 완고요, 아들은 개화 극정도에 이른 사람이라.

대체 구연식이 같은 완고가 구완서같이 개화한 아들의 말을 듣는 것은 마음에 좋아서 듣는 것이 아니라, 삼대독자를 귀애하는 자정에 응석 받듯이 듣는 터이라.

서울서 배고픈 양반 중에 과년한 딸을 두고 구혼하는 사람들이, 구연식이 재산도 있고 아들도 두었다는 소문을 듣고 구즉산 집으로 중매를 보내서 혼인 언론을 하는 사람도 많이 있는데, 그 언론하는 중에 구즉산이 앙혼으로 알고 얼른 허락하고 싶은 곳도 혹 있으나, 그 아들이 몇만 리 밖에 있어서 돌아올 기약은 묘연한 중에, 수년 전에 아들의 편지를 본즉 옥련과 혼인 언약을 맺었다 하는지라, 그때 구즉산의 마음에는 서울 친구의 집과 혼인을 지내고 싶으나, 아들의 뜻을 빼앗지 못할 줄을 알고, 내외간에 무수히 의논한 후에 승낙하는 편지 답장을 하여 보낸 것이 있는지라.

그러나 구즉산 내외의 마음에는, 옥련 같은 며느리의 마음은 선뜻 받은 것같이 알던 터라. 구즉산이 서숙자에게 옥련의 자세한 일을 얻어듣고, 서숙자더러 전후 사정의 이야기를 다 하려고 옥련의 사진을 가져온 것이다.

구즉산이 그 아들이 미국에 갈 때의 일부터 이야기를 하다가 말을 그치고 돌놈을 부르더니, 두어 자 편지를 써 주어서 자기 집에 심부름을 시키고 하던 말을 다시 시작한다.

돌놈이 심부름을 간 지 이십 분이 못 되었는데, 웬 신교 탄 부인이 안마당까지 타고 들어와서 마루 끝에서 내리는데, 구 과부가 마루로 뛰어나가더니 웬 쳠을 그리하는지, 형님 소리를 열 번을 하는지 스무 번을 하는지 헛웃음을 웃으면서 허둥지둥하는 모양이 별 손님이나 온 듯이 친절히 맞아들이는 것은 구즉산의 부인이라.

앞머리는 희뜩번뜩 세고, 이맛전은 훨씬 넓고, 얼굴은 둥글고, 앞니는 조금 버드러지고, 말할 때는 눈에 웃음빛을 띠었는

데, 외면을 잠깐 보아도 옹색치 아니한 여편네요, 조금 수다한 듯한 여편네라. 방으로 들어오며,

"오늘 돌놈이 우리 집에 세 번이나 왔는데, 처음에는 즉산 댁 아저씨를 여쭈러 왔다 하고, 그 다음에는 즉산 새아주머니 될 사람의 사진을 가지러 왔다 하고, 이번에는 즉산 댁 아주머니를 부르러 왔다 하니 오늘 무슨 일이 있었소?"

"차차 말씀할 터이니 어서 아랫목으로 가서 앉으시오."

부인이 사양치 아니하고 아랫목으로 가서 앉으며,

"돌놈의 말에 손님이 오셨다 하니 손님을 대접하시는 덕에 나도 좀 잘 얻어먹으러 왔는데 무엇을 주시려누?"

"손님 대접은 고사하고, 손님에게 얻어먹은 이야기를 하려면……"

"염치도 없소. 손님 대접은 아니하고 손님에게 얻어먹다니, 어서 이야기 좀 하오."

"다른 이야기는 천천히 할 터이니 손님과 인사나 하시고, 형님이 항상 알려고 하시던 평양 사돈집 이야기나 자세히 들으시오."

부인이 그 말을 듣더니 신부의 선이나 보고 온 사람을 맞는 듯이 인사를 한마디 한 후에, 옥련의 말을 두서없이 물으니, 구즉산이 떡국이 농간하여 서숙자에게 친절한 체를 하느라고,

"내가 마누라더러 급히 오라 한 것은, 그런 말을 하려고 부른 것이 아니오."

"그러면 무슨 일로 부르셨소?"

"생질녀 하나가 더 생겼기로, 어서 바삐 만나 보고 우리 집으로 데리고 가서 외국 구경이나 시키고 대접이나 잘하라고 불렀소."

"생질녀라니?"

"……"

"그러면 나도 아주머니 노릇이나 하여 볼까? 여보게 생질녀, 하하하."

"나도 저렇게 단정히 말할 수가 없더니……."

"초면에 허게 한다고 책망하는 말인가 보마는, 생질녀더러 허우 하는 법이 어디 있어? 그러면 갑순이더러도 허우 하란 말이지."

"즉산 댁 아주머니 말씀이 옳은 말씀이올시다. 부령 댁 아주머니는 나더러 조카님 하시면서 허우를 하시니 적조카를 보더라도 그렇게 공손할 것은 없습니다."

"부령 댁 아주머니는 정 없는 아주머니요, 즉산 댁 아주머니가 다정한 아주머니니 우리 집으로 가세, 하하하. 농담이 아니라 참 우리 집으로 가세. 이 댁에는 집도 좁고 아이들이 법석을 하는 터에 불편한 일이 많을 터이나, 내 집에는 아이도 없고 집도 과히 좁지 아니하고 부리는 종도 두엇 있으니, 모처럼 온 생질녀 하나를 대접하기는 어렵지 아니한 터일세. 두말 말고 내 집으로 가서 집 구경이나 하세."

구즉산이 그 소리를 듣고 허허 웃으며,

"마누라도 수단이 대단한 사람이야. 숙자가 만일 마누라의 마음을 알 지경이면 아니 따라갈걸."

서숙자가 어리광을 피우듯이,

"아저씨, 그것이 무슨 말씀이오. 나는 그 말을 자세히 알고 갈 터이야."

"허허허, 마누라의 흉을 좀 볼까?"

"남편이라고 믿을 수 있소. 있는 허물도 감추어 주실 터인데, 없는 흉을 보시려고?"

"점잖은 터에 없는 말을 할 리가 없지. 마누라가 외아들을 기를 때에 딸 하나만 더 있었으면 고적치 아니하겠다 하면서 완서를 귀애하더니, 그 금옥같이 알던 외아들이 미국으로 도망한 후에 고적한 마음을 이기지 못하여 실성할 지경에 숙자를 만나 보고 딸이나 삼촌 욕심으로 데리고 가려는 모양이니, 숙자, 속지 마라. 너의 외숙모가 욕심꾸러기다, 허허허."

"믿는 나무에 곰이 핀다더니 방망이는 왜 들으시오? 서숙자가 내 딸 노릇을 하기로 영감께 해로운 것이 무엇이오? 여보, 돌놈 어머니는 딸이 셋이나 되지. 서숙자는 내게 양녀로 보내 주시오."
하면서 능갈친 소리를 하는 것은 서숙자를 데리고 자기 집에 가서 옥련의 소문을 자세히 들으려는 경영이라.

본래 서숙자의 경영은 구즉산의 매씨를 잘 사귄 후에 옥련의 험언을 하려 하였더니, 일이 쉽게 되느라고 구즉산의 내외를 직접 만나 보고 또 기회 좋게 옥련의 험언을 하였는데, 옥련을 험언하는 서숙자가 애를 쓰는 것이 아니라, 옥련의 험언을 듣고자 하는 구즉산의 내외가 애를 무척 쓴다.

남에게 속거든 천진으로 속으면 좋으련마는, 서숙자를 생질녀이니 딸이니 하며 자기 집으로 데리고 가서 멀리 시집갔던 딸이 근친이나 온 듯 정답게 구는데, 서숙자는 본래 남더러 형이니 아우니 아주머니니 조카니 하며 요악을 잘 부리던 계집이라.

서부령 집에서 외삼촌이니 외숙모니 하던 사람더러 새로이 어머니, 아버지 하며 철없는 아이같이 말을 함부로 하기도 하고, 소갈머리 없는 소리도 잘 하는 것은 서숙자의 깊은 꾀라.

그날 밤에는 구즉산 내외가 옥련의 말을 듣지도 아니하고 건넌방을 정하게 치워서 서숙자를 재우고, 구즉산은 밤들도록 안방에서 그 부인과 의논이 분분하더니, 밤 한 시 친 후에 구즉산이 사랑으로 나가는데 세 사람이 있기는 각 방에 있으나, 우연히 잠이 덜 들어서 그날 밤에 잠을 잘 못 자기는 세 사람이 일반이라.

그 이튿날은 구즉산이 아침 식후에 어디 출입을 하더니, 날이 저문 후에 술에 취하여 돌아와서 안방에는 들어오지도 아니하고 사랑에서 일찍 자는데, 부인도 서숙자더러 옥련의 말을 묻지 아니하더라.

서숙자가 구즉산 집에 간 지 사흘 만에 구즉산이 그 부인과 같이 안방에 앉아 서숙자를 부르더니, 무슨 잔치나 하는 듯이 음식을 차려 놓고 오찬을 먹으면서,

"이애 숙자야, 내 집에 경사가 났다. 오늘은 술 한 잔을 아니 먹을 수 없어서 안주를 장만하였는데, 이 술은 네 손으로 따라 주어야 맛이 있게 먹겠다."

서숙자가 술을 따라서 구즉산 앞에 놓으며,

"무슨 경사가 있습니까?"

"하마터면 집이 망할 것을 네 덕에 아니 당하였으니, 내 집에는 그런 경사가 없다."

"집이 망칠 것을 내 덕에 아니 망하였다는 말씀이 무슨 말씀인지 모르겠습니다."

"그러한 일이 있지. 술이나 어서 부어라. 한 잔을 더 먹고 자

세한 말을 하겠다. 여보 마누라, 숙자가 우리 집에 은인이 아니오?"

"글쎄요, 숙자를 못 만났다면 옥련의 행실을 까맣게 모를 뻔하였소그려. 내가 완서를 배었을 때에 음식을 먹어도 바로 베인 것을 먹었고, 자리에 앉아도 바로 놓인 자리에 앉았고, 눈에 괴악한 것을 보지 않고 귀에 음란한 소리를 듣지 아니하였는데, 뱃속에 있을 때부터 가르친 자식을 길러서, 만일 옥련같이 못된 계집아이년에게 장가를 들 지경이면 내가 애통이 터져 죽을 터이오. 에그, 그 생각을 하면 소름이 죽죽 끼치지. 그런 괴악한 계집아이년과 내 아들이 혼인을 정하다니, 다시 그런 소리를 입에 옮기기도 싫소. 오늘이라도 완서에게 편지를 부치고, 김관일인지 무엇인지 그 자에게 파혼한다는 기별을 하시오. 영감은 먼저 하실 일을 나중 하십다. 어제 출입하신 것은 완서의 혼인 말을 하던 곳에 가서 완정한 언약을 하셨다 하니, 옥련인지 잡년인지 그 년에게 파약을 먼저 하셔야지."

구즉산이 두서없이 일을 하다가, 그 부인의 말을 듣고 생각하니, 그 말이 옳기는 옳으나 무안한 마음에 군색한 발명으로 헛큰소리가 나온다.

"편지, 편지, 완서에게 편지? 혼인을 정하더라도 내 마음으로 정하고, 파혼을 하더라도 내 마음으로 할 일이지, 완서에게 편지는 할 것 무엇 있나? 어렸을 때에 응석은 받으려니와, 장성한 자식이 아비 말을 아니 들어? 그 자식이 당초에 미국에 갈 때에 부모의 허락 없이 간 것이 사람 못 될 놈. 기왕 간 것을 학비를 아니 보내 주면 만리타국에서 굶어 죽을 터인 고로, 학비를 보냈으니 내가 아비 된 도리는 극진히 하였는데, 그 자식이 아비 뜻을 받지 아니하고 무슨 일을 제 마음대로 하여? 내가 당초에 옥련의 학비까지 보조하여 줄 일이 아니나 내 자식을 귀애하는 마음에 남의 자식까지 불쌍한 생각도 들고, 또 철없는 아이들이 언어를 통치 못하는 외국에 가서 옥련은 완서에게 의지하고, 완서는 옥련에게 의지하여 있는 것이 다행한 일인 고로 두 아이가 고생 아니하도록 돈을 보내 준 것이라. 완서로 말할진대, 소위 양반의 자식이 가정 교육을 배치하는 자식이라. 재작년 팔월에 옥련이 제 고장에 돌아갈 때에 여비나 넉넉히 주어 보냈을 뿐인데, 저희끼리 혼인을 정하였다고, 아비에게 그 따위 편지를 하다니! 아, 생각할수록 그 자식의 응석을 그대로 받다가는 집이 망하지. 자유 결혼이란 것이 무엇인고. 그런 소리는 처음부터 내 귀에 거슬리나, 몇 해 동안에 완서의 편지를 볼 때마다 옥련을 기리는 말만 얻어들었는지라, 내 마음에 옥련은 재주도 있고, 덕의심도 있고, 절개도 높은 계집아이인데, 그중에 학문이 고명하여 조선 부인 사회에서 법을 받을 만한 계집아이인 줄로 안 것이다. 완서의 편지를 믿은 터이라. 어, 자식이 그럴 줄은 몰랐지. 아비를 속였으면 불효자요, 제가 속았으면 그런 흐린 자식이 어디 있어? 그러나 그 자식이 부모에게 불효할 자식은 아니라. 제가 그릇 보았지. 여보 마누라, 자식 둔 사람은 걱정이 끊일 때가 없소그려. 내 자식은 믿으나 세상은 믿을 수가 없는 터이라, 믿지 못할 세상에 자식이 문밖에만 나가도 걱정이 될 터인데, 나는 자식을 육만 리 밖에 보내 놓고 마음을 놓을 수가 있소. 이후에는 제 말을 들을 리 만무하니 걱정 마오. 나는 완서에게 편지도 할 것 없고 김관일의 집으로 혼인을 파약한다는 통지를 할 터이니, 완서에게 알리고 싶거든 편지를 부치시오."

본래 완고라 하는 것은 굳을 고 자이나, 구즉산 같은 완고는 굳지 못한 완고이라. 개화꾼의 말을 들으면 그 말도 옳을 듯싶고, 완고 친구를 대하면 개화가 좋다 하는 사람들은 버린 사람으로 돌리고, 고담준론만 하는 중무소주(中舞所主) 완고라.

삼 년 전에 그 아들이 옥련과 혼인을 정하였다는 편지를 본 후에, 친구에게 그 아들의 개화를 자랑하느라고 아들의 편지를 본 이야기를 하다가, 친구의 반대를 만나서 잘 대답을 하지 못하고 자기 집에 돌아와서, 그 아들에게 편지로 답장을 하되, 자기가 결단한 말은 없고, 친구가 반대하던 말뿐이라.

그 후에 구완서가 답장을 하였는데 자유 결혼이 옳은 줄로 말할 뿐 아니라, 만일 옥련과 혼인 파약을 할 지경이면 불교를 숭상하여 독신주의로 일평생을 보내는 것이 또한 가하다 한 일이 있었는지라.

구즉산은 그때 일을 다 잊었던지 부인은 그 일을 낱낱이 생각하는데, 부인의 생각에는 혼인 파약이 용이치 못할 줄로 알고 있는 고로, 옥련의 행실 부정한 것을 낱낱이 조사하여 그 아들에게 기별하려는 마음으로 서숙자를 자기 집으로 데려왔는데, 그날은 옥련의 말을 물어볼 차로 음식을 차려 놓고 서숙자를 불러 앉힌 터이라.

그러나 구즉산은 황소같이 날뛰는 성정에 숙자에게 더 물어볼 겨를 없이 일 조처를 다한 것같이 말하는지라.

부인이 그 남의 뜻을 굳게 하느라고,

"영감 말씀 한마디면 그만이지, 집안에서 누가 어길 사람이 있겠소? 그러나 영감은 아들을 무서워하시는 터에 영감 마음대로 될는지?"

구즉산의 얼굴이 벌게지며,

"아들을 무서워하다니, 아들 무서워하는 사람도 있나? 또 내 마음대로 못 된다는 말은 무슨 말이오?"

"자식을 무서워한다 하면 말은 좀 상스러우나, 영감께서는 완서를 너무 무서워하십니다."

"내가 자식을 무서워하여, 허허허."

"완서가 미국 갈 때에, 부모에게 알리지 아니하고 갔으나, 영감께서는 걱정 한마디 아니하셨지요. 학비를 보내라 하면 제 학비나 보내 달라 할 것이지, 웬 계집아이 학비까지 보내 달라 하는 것은 저의 아버지를 무서워하는 자식 같으면 그런 소리가 나오겠소? 그러나 영감께서는 완서의 말을 어기지 못하시고 육칠 년 동안에 돈을 적게 보냈소? 돈은 얼마를 썼든지 그 까짓것을 교계하는 말은 아니오. 완서가 기탄없이 자라난 자식이 되어서 장가를 들어도 제 마음대로 들려 하니 그런 변이 어디 있겠소? 지금 영감 말씀에 완서에게는 편지도 아니하시고 파혼을 한다 하시나 내 마음에는 그 말이 믿음성 없소. 만일 완서가 그런 말을 듣고 고집을 부리면 어떻게 조처하실 터이오?"

"고집을 부릴 수도 없고, 제 고집을 내가 받을 리도 없지."

"말씀은 시원한 말씀이오마는, 완서가 고집을 아니 부릴 리도 없고, 영감께서 그 고집을 꺾지도 못하리라."

"두고 보면 알지."

"글세, 두고 보면 알지요. 완서가 옥련이 아니면 장가를 들지 아니하고 일평생에 불도나 숭상하겠다는 편지도 올 터이오. 영감이 그 편지를 보시면 절손할 수는 없으니 내버려두겠다 하시는 소리도 날 터이니 두고 보시오."

"마누라도 험구야. 내가 자식의 말을 잘 들었기로 자식을 무서워한다는 말은 망발이지. 내가 완서의 혼인을 파약한다는 말은 믿음성이 없어서 나를 격동하는 말이지마는, 이런 일에 당황하여서는 나를 격동시킬 것 없지. 또 완서로 말할지라도, 처음에 옥련의 행실이 그러한 줄은 모르고 정한 혼인이지, 그런 소문을 들으면 파혼하자는 말이 제 입에서 먼저 나올걸. 어떡하든지 마누라가 염려할 일은 아니오. 양반의 집에서 설마 그러한 혼처를……."

"영감께서 일 조처를 범연히 하실 리는 없지마는, 여편네 좁은 소견에 결례를 아니한다 할 수가 없어서 말이오. 옛날 남원 부사의 아들 이 도령이 춘향에게 반하듯이 완서도 옥련에게 반한 모양이라. 에그, 춘향이 욕보았다, 그 못된 옥련에게 비하여 말을 하였지. 대체 젊은 아이들이 계집에 반하면 제정신을 잊어버리는 것이라. 살면 같이 살고, 죽어도 같이 죽으려는 마음이 있을 지경이면 혹 신명을 맞히는 일이 있으니, 우리 완서가 꼭 그렇다는 것은 아니오마는 의심도 나고 염려도 되오. 영감 말씀에는 완서가 옥련의 행실이 부정한 것을 알면, 파혼하자는 말이 제 입에서 먼저 나온다 하시니 점잖은 말씀이오마는, 물정에는 소활하신 말씀이오. 남자가 계집에게 반할 지경이면, 그 계집의 행실이 어떠하든지 마음에 교계가 없나 봅니다. 기생 노릇을 하였든지 덥추 노릇을 하였든지, 남의 첩으로 돌아다니며 사람의 등골을 빼었든지 얼굴만 어여쁘고 사람의 간장만 잘 녹이면 남자가 혹하는 것이라. 내 생각에는, 옥련이 인물도 어여쁘고 마음이 요악하여 장부의 간장을 녹이는 위인이라. 그렇지 아니하면 우리 완서가 그렇게 혹할 리가 없고, 숙자의 동생 되는 서일순 씨가 그렇게 반할 리가 없는 터이라. 요악한 계집에게 한 번 반하면 그 마음을 돌리기가 어려운 것이니, 그러한 정을 자세히 아시고 일을 잘 조처하시는 것이 좋겠소."

"그럼 마누라 마음에 어찌하면 좋겠다는 말이오.?"

"파혼을 하더라도 완서가 옥련에게 혹한 마음을 돌릴 도리를 하는 것이 좋을 듯하니, 영감께서 내 말을 좇아 주실 것 같으면, 완서가 옥련을 잊어 버리게 할 도리가 있으니 내 말을 들으실 터이오?"

"허허허, 어진 아내가 있으면 집이 흥하는 법이라. 말을 듣다 뿐이오. 이애 숙자야, 내가 여장군에게 졌다. 내 집의 참모 총장이나 되어서 저 여장군을 잘 도와주어라. 여보 마누라, 나는 술이나 먹고 사랑으로 나갈 터이니 숙자를 데리고 의논 잘 하시오."

"의논을 어떻게 하든지 영감이 계셔야 말이 얼른 끝이 날 터이니, 나가시지 말고 옥련의 이야기나 더 들어 봅시다. 이애 수

양딸아, 아버지 앞에서 옥련의 이야기나 좀 자세히 하여라. 대체 그것이 어떠하게 되었기로 사나이들이 그렇게 반한단 말이냐?"

이인직 대표 작품 해설

모란봉

■ 작가에 대하여

이인직 [李人稙, 1862. 7. 27. ~ 1916. 11. 1.]

1862년 경기도 음죽(陰竹, 현재 이천)에서 태어났다. 일본 도쿄정치학교(東京政治學校)를 졸업하고, 러일 전쟁이 발발한 후 일본 육군성 1군 사령부 소속의 통역관으로 복무했다. 〈국민신보(國民新報)〉와 〈만세보(萬歲報)〉의 주필을 지냈으며, 한국 최초의 신소설 《혈의 누》, 《귀의 성》 등을 신문에 연재하였다. 1907년 7월에는 대한신문사(大韓新聞社)의 사장이 되었으며 이때 이완용과 두터운 친분 관계를 유지하는 등 친일을 하였다. 초기 신소설을 개척하였다고 평가받는다.

모란봉

◆ **작품 개관**

《모란봉》은 〈매일신보〉에 1913년 2월부터 같은 해 6월까지 연재되다가 미완으로 중단된 작품이다. 내용상 《혈의 누》의 뒷이야기에 해당된다. 《혈의 누》가 신문물에 대한 강한 긍정과 자유연애 사상 등 새로운 사고 방식을 전달한 것에 비해 《모란봉》은 남녀 주인공의 애정 관계에만 치우쳐 《혈의 누》가 보여 준 주제 의식이 오히려 퇴화된 면이 있다.

◆ **주요 등장인물**

김옥련 어릴 때 부모와 헤어져 갖은 고난을 겪다가 구완서의 도움으로 미국에서 공부했다. 러일 전쟁 소식을 듣고 어머니가 걱정되어 귀국한다.

구완서 김옥련을 미국에서 공부하게 도와 준 인물. 새로운 공부로 조국을 강하게 만들 꿈을 가지고 있다. 여성도 공부를 해서 자신의 몫을 해야 한다고 생각한다.

서일순 돈 많은 미남자. 김옥련에게 한눈에 반해 김옥련과 결혼하기 위해 계략을 꾸민다.

김관일 김옥련의 아버지. 나이가 많지만 신문물 공부에 열의가 있다. 구완서와 김옥련의 관계를 매우 긍정적으로 생각하나, 생활이 궁핍하여 서일순의 도움을 받자 점차 마음이 허물어져 간다.

최 씨 부인 김옥련의 어머니. 구시대적 사고를 청산하지 못했다. 자신을 구해 주고 재정적 도움을 준 서일순에게 딸을 시집보내고 싶어한다.

최여정 서일순이 머무는 집의 주인. 서일순의 돈을 받고 옥련을 꼬여 낼 계책을 마련한다.

서숙자 최여정의 집에서 일하는 종. 서일순의 첩자리를 노렸으나 서일순이 김옥련을 좋아한다는 것을 알고 돈이나 얻을 작정으로 서일순의 일을 적극적으로 돕는다.

◆ 줄거리

러일 전쟁이 평양성에 영향을 미쳤다는 소식이 전해지자, 미국에서 공부하던 김옥련은 어머니가 걱정되어 부친 김관일과 귀국길에 오른다. 옥련은 정혼자인 구완서가 미국에서 십 년 동안 공부를 더한 뒤에 귀국하겠다고 하자 이별의 아픔을 느낀다.

평양에 두 옥련이 있었는데 김옥련과 장옥련이 그들이다. 모두 빼어난 외모와 자태를 갖춘 여인이나 그 운명은 다르다. 장옥련은 장치중과 안 씨 부인의 무남독녀로 금실 좋은 부부 밑에서 귀애받으며 자란다. 그러던 어느 날 장치중이 첩 농선을 들이면서 농선의 농간으로 부부 사이의 불화가 그치질 않는다. 농선은 남동생을 이용해 안 씨 부인이 통간을 했다는 누명을 씌우고, 안 씨 부인은 억울함을 이기지 못해 대동강에 몸을 던진다. 어머니의 일을 억울하게 생각해 뒤따라 대동강에 몸을 던지려던 장옥련은 괴한을 만나 몸을 망치고 미친다.

한편 김관일이 딸 김옥련을 데리고 돌아오는 것을 간절히 기다리던 최 씨 부인의 집에 미친 장옥련이 오게 된다. 최 씨 부인은 장옥련이 자신의 딸인 줄 알고, 장옥련의 미친 소리가 모두 진실인 줄 알고 오해한다. 그날 평양집에 온 딸을 남편이 데려온 첩으로 오해한 최 씨 부인은 대동강에 몸을 던지러 가다가 서일순에게 구조받는다.

서 씨 덕분에 오해가 풀린 일가족은 모란봉에서 축하연을 연다. 서 씨는 옥련의 자태에 반하고, 옥련의 어머니도 은혜를 갚기 위해 서 씨를 사위로 삼고 싶어 하지만 구완서가 있는 한 옥련과 김관일에게는 어림도 없는 소리다.

　서 씨는 최여정에게 옥련이 결혼할 짝이 있다는 사실을 듣고 크게 실망한다. 최여정은 서 씨에게 돈을 받기로 하고 옥련과 결혼을 성사시키기 위해 일을 도모한다. 이 모의를 엿들은 최여정 집의 더부살이 계집은 꼬여 내려던 서 씨가 옥련에게 마음이 있자 속이 뒤틀린다. 최여정은 일을 그르칠 것을 염려해 그녀를 한패로 끌어들이고 서일순의 누나 서숙자로 만든다.

　서숙자는 평양성 내의 한 과부를 찾아 자신의 본래 남편의 짝으로 지어 주고, 서일순의 생일을 핑계로 김관일 가족을 초대한다. 그때 허 첨지에게 김관일의 집에 불을 내도록 시킨다. 서일순은 화재로 난감해하는 김관일 가족에게 호의를 베풀며 자신의 집에서 지내도록 하고 극진히 대접해 김 씨 부부의 마음을 얻는다. 서일순의 집에 머문 지 오래되자 서숙자와 최 씨 부인은 옥련에게 서일순과 혼인을 권하고, 곰곰이 생각하던 옥련은 은혜를 갚는 취지에서 자신의 집 종인 장팔과 혼인하겠다고 선언해 버린다.

　일이 잘 되지 않자 서숙자는 서울로 가 구완서의 아버지 구즉산에게 접근해 옥련의 행실이 부정하다고 모함한다. 옥련을 한 번도 보지 못하고 아들의 편지를 통해서만 훌륭한 여성인 줄 알고 있던 구 씨 부부는 서숙자의 말에 파혼을 결심한다.

◆ **작가와 작품**

작가는 누구의 편인가?

이 소설에서 구완서와 서일순은 옥련을 사이에 둔 연적 관계이다. 그러나 구완서는 작품의 첫 부분에만 등장할 뿐 이후는 서일순만 등장해 옥련의 마음을 얻기 위해 노력한다. 옥련의 마음을 얻기 위해 두 남자가 행하는 방법은 사뭇 다르다. 구완서는 옥련을 함께 공부하는 평생의 반려자로 보고 존중하는 모습을 보이며, 누구보다 옥련의 공부를 환영하고 지지한다. 또한 구완서는 옥련이 부모를 잃고 어려워할 때 선뜻 학비까지 대 주며 그녀가 공부할 수 있게 도와준다. 이러한 구완서의 모습에 옥련은 인간적인 존경심과 사랑을 함께 키우게 된다.

서일순은 옥련의 마음을 얻기 위해 옥련의 부모를 공략한다. 멀쩡한 옥련의 집에 허 첨지를 시켜 불을 지르게 한 뒤, 갈 곳 없는 옥련 일가를 자신의 집에 기거하게 한다. 그 뒤 옥련의 부모님을 극진히 대접하여 미안해서라도 서일순에게 딸을 출가시키게 만드는 방법을 이용한다. 이 방법은 옥련의 부모님에게는 주효했으나 정작 옥련의 마음을 얻는 데는 실패한다. 옥련에게 서일순은 좋은 사람이지만 구완서처럼 존경심이나 연정을 불러일으키는 대상이 아니다. 이처럼 부모님의 마음을 얻은 서일순과 옥련의 마음을 얻은 구완서는 격돌한다.

그렇다면 작가는 둘 중 누구의 손을 들어주고 있을까? 작품이 미완인 관계로 정확한 내용은 추정할 수 없으나 작성된 부분까지만을 기준으로 할 때 구완서의 쪽에 좀더 힘을 실어 주고 있다. 작가의 시선은 사랑이라는 이름으로 방화, 험구 등을 일삼는 서일순보다 인격적으로 성숙한 구완서에게 좀더 따뜻하다. 이는 나아가 부를 개인적인 행복을 위해서만 사용하는 서일순과 조국의 부국강병과 안녕을 위해 부지런히 공부하는 구완서 중에서 구완서의 손을 들어 준 것으로 볼 수 있다.

 이인직의 친일 행적이 언제나 문제되기는 하지만 개화하고 문명사회를 이루어 사회를 발전시켜야한다는 그의 사고는 분명 당대에 필요한 것이었다.

◆ **작품의 구조**

고전 소설적 요소의 답습

'신소설'이 왜 '신'소설이냐고 한다면 기존의 '고전 소설'과는 다른 새로운 면이 있기 때문이다. 그런데 이 작품은 그런 신소설적 요소보다 기존의 고전 소설적 문법을 따르는 모습이 더 눈에 띈다. 먼저 신소설의 중요한 특징인 개화 문명의 소개, 계몽사상의 고취 등이 전작 《혈의 누》에 비해 발견되지 않는다. 그보다는 옥련과 옥련의 약혼자 구완서, 옥련에게 반한 서일순을 중심으로 삼각관계가 각종 모략과 함께 중심적으로 그려진다. 남녀 간의 애정 문제와 삼각관계에 대한 것은 고전 소설에서 반복되어 온 주제이다. 《춘향전》의 '춘향, 이몽룡, 변사또'의 관계가 그러했고, 《운영전》의 '운영, 김 진사, 안평대군'의 관계 역시 그러했다.

남녀 주인공의 사랑의 완성을 방해하기 위한 악인으로 '최여정, 서숙자, 서일순' 등이 설정된 것도 상투적이다. 그들의 방해 공작 중간에 작품이 미완으로 끝났기 때문에 그 이후에 대해 평가를 내리기는 어렵지만, 만약 악인들의 음모를 뚫고 옥련과 구완서의 사랑이 성취된다면 이 역시 고전 소설적 결말과 유사하다고 볼 수 있다.

◆ **작품의 감상과 수용**

옥련의 의무

이 작품은 《혈의 누》의 주인공인 개화 여성 옥련이 열일곱 살이 되어 고국으로 돌아온 뒤의 이야기이다. 일본, 미국 등 선진 국가를 모두 돌아보며 새로운 학문을 공부한 옥련이 어머니 걱정에 고국에 돌아온 것이다.

옥련은 지금도 가기 어려운 미국 유학을 그 당시에 다녀왔다.

신식 공부를 한 옥련에게 구완서는 '조선 부인 사회에서 본받을 수 있는 사람'이 되라고 부탁한다. 구완서는 《모란봉》의 전작에 해당하는 《혈의 누》에서도 누차 옥련이 학문을 하여 조선 부인들을 교육하는 데 힘써야 한다고 간곡히 말한다. 그러나 고국에 돌아온 옥련은 아버지, 어머니와 함께 집에서 생활하며 아무런 일을 하지 않는다. 평양성의 유명 인사가 돌아온 김관일을 위해 모란봉에서 열어 준 환영회에 참석한 것 외에 옥련의 사회 활동은 전무하다. 그 환영회에서조차 새로운 문명에 대한 연설을 하는 것도 아니고 다만 자신이 어릴 때 죽을 뻔한 모란봉을 보며 깊은 심회에 젖거나 구완서를 그리워할 뿐이다.

서숙자가 서일순을 위해 옥련을 꼬드기려고 집의 정원을 보여 줄 때도 이런 곳에서 공부나 하였으면 하는 장면은 있으나 막상 그 공부를 어떻게 사회에 환원할 것인지는 그려지지 않는다. 옥련이 자신의 공부를 그나마 전파하는 것은 서숙자에게 영어를 가르쳐 주는 일이다. 이는 조선 부인들을 깨우치는 것이 아니고 다만 집을 빌려 쓰는 것에 대한 대가 정도로밖에 이해되지 않는다.

옥련은 미국에서 스스로 세워 두었던 목표 의식을 고국에 와서 모두 잃은 듯하다. 구완서가 보았다면 통분할 일이다.

◆ **작품에 반영된 현실**

자유 결혼 – 세대 간의 갈등

김옥련은 어릴 때 부모와 이별하여 일본 군의관 이노우에의 도움으로 오사카에서 살다가 이노우에가 죽고 난 뒤 정처없는 발걸음을 한다. 그때 기차에서 만난 구완서가 함께 미국으로 공부하러 가자고 해 그 뒤로 구완서 부모가 보내 준 학비로 둘이 함께 공부를 하다 사랑이 싹트게 된다. 이처럼 김옥련과 구완서의 사랑은 부모님의 개입이 전혀 없이 완성된 것으로 그 당시 젊은층에서 유행하던 자유연애 사상이 반영된 것이다. 그러나 자유연애 사상이 부모님 세대까지 만연한 것은 아니었으므로 세대 간의 갈등이 생겨나게 된다.

옥련의 어머니는 잘생기고 돈도 많으며 옥련을 연모하는 서일순을 마음에 들어 한다. 옥련 어머니의 입장에서 구완서는 학문이 높고, 딸을 살려 주었으며, 딸이 사랑하는 남자이기는 하지만, 공부 때문에 십 년을 더 기다리는 것은 힘든 일이라 생각한다. 십 년 뒤면 옥련의 나이가 이십칠 세로 당시 기준으로는 시집을 갈 수 없는 나이이기 때문이다. 한편 서일순은 옥련의 모친이 미친 장옥련의 말 때문에 죽으러 갔을 때 생명을 구해 준 은인이고, 이후 옥련네 일가의 생계를 계속 책임져 준 사람이기도 하다. 오랫동안 신세를 진 데다 빠지는 조건이 하나도 없는 서일순을 사윗

감으로 탐내는 것은 어머니로서는 매우 당연하다 할 수 있다.

옥련의 어머니는 자유연애보다 부모의 의사가 자식의 결혼에 더 많은 영향을 미치던 세대답게 자신의 발언이 딸에게 영향을 미칠 것이라고 생각한다. 그러나 옥련은 은혜 때문에 결혼해야 한다면 어머니의 목숨을 실제로 구해 준 종놈 고장팔에게 시집가겠다고 나선다. 물론 어머니의 말대로 서일순에게 시집을 가지 않기 위한 방어적 발언이다. 옥련의 어머니가 고장팔에게 시집을 보낼 리가 없기 때문이다. 이처럼 자유연애를 중요한 가치로 생각하는 옥련의 세대와 부모의 결정권이 중요하다고 생각하는 모친 세대 사이에는 감출 수 없는 갈등이 녹아 있다.

사정은 구완서네 집도 마찬가지다. 구완서가 완연히 개화한 신지식인인 데 비해 아버지 구연식은 과거 벼슬 직함에 연연할 정도로 구세대적인 인물이다. 구연식은 비교적 넉넉한 집안으로 아들에게 좋은 혼사가 많이 들어오나 아들을 매우 귀애하므로 옥련과의 정혼을 승낙한다. 그러나 서숙자가 옥련을 모함하니 바로 마음이 흔들릴 정도로 내심 아들의 결정을 못마땅하게 여기고 있었음이 드러난다.

옥련과 옥련 모친이 갈등을 겪듯, 구완서와 구완서의 부친 역시 결혼 문제를 두고 세대 간의 갈등을 드러낸다.